黄山杰 ● 著

蓝星诗库

黄灿然的诗

黄灿然，1963年生于福建泉州罗溪镇晏田村，1978年底移居香港，1988年毕业于广州暨南大学新闻系。在香港最初几年当制衣厂工人，业余上夜校学英语；在大学期间开始写诗，并继续钻研英语。1990年起任香港《大公报》国际新闻翻译，2014年辞职，迁居深圳洞背村。著有诗集《游泳池畔的冥想》《我的灵魂》《奇迹集》等，评论集《必要的角度》《在两大传统的阴影下》等。译有大量现当代欧美诗歌、诗论和文论。

连续十多天大雨倾盆，
到处是积水，出门带伞，
进门赶快收衣服，约会取消，
外游搁置，菜价猛涨，瓜果腐烂。
但接着这几天天天放晴，到处是太阳，
到处是流动的光，大厦外墙刷洗一新，
山上树木茂盛得生出墨汁，街道宽敞，
心情愉悦，让你感到做人真是一种束缚，
不能变成哪怕是一个遮阳伞或一小段街道，
变成空气变成任何透明或会飞的东西。

人民文学出版社

图书在版编目（CIP）数据

黄灿然的诗/黄灿然著. —北京：人民文学出版社，2022

（蓝星诗库）

ISBN 978-7-02-017320-4

Ⅰ.①黄… Ⅱ.①黄… Ⅲ.①诗集—中国—当代 Ⅳ.①I227

中国版本图书馆CIP数据核字(2022)第121430号

策划编辑	王清平
责任编辑	薛子俊　李义洲
装帧设计	柳　泉
责任印制	任　祎

出版发行	人民文学出版社
社　　址	北京市朝内大街166号
邮政编码	100705
印　　刷	三河市鑫金马印装有限公司
经　　销	全国新华书店等
字　　数	193千字
开　　本	850毫米×1168毫米　1/32
印　　张	15.75　插页3
印　　数	1—3000
版　　次	2022年8月北京第1版
印　　次	2022年8月第1次印刷
书　　号	978-7-02-017320-4
定　　价	55.00元

如有印装质量问题，请与本社图书销售中心调换。电话：010-65233595

作者像

目　　录

诗艺 ································· *1*

冥想集（1985—1997）

回归 ································· *3*

命运 ································· *5*

镜与杯 ······························· *6*

长久缄口之后 ······················· *8*

日渐衰落 ···························· *9*

倾诉 ································ *10*

收获的季节 ························· *12*

彭斯 ································ *14*

危机四伏 ···························· *15*

我的女人 ···························· *16*

我欠你太多 ························· *17*

这是我个人历史最黑暗的时期 ······ *18*

当我在一个很不正常的都市里 ······ *19*

给一位越南姑娘 ···················· *20*

安静吧,一动也不要动 …………………… 21
我记得 …………………………………… 22
纪念荷尔德林 …………………………… 23
纪念故乡的一位堂叔 …………………… 24
云如海在天空漂泊 ……………………… 25
在我们的私人空间里 …………………… 26
只有在黑暗中 …………………………… 27
土地是残酷的 …………………………… 28
梦 ………………………………………… 29
诗人回家 ………………………………… 30
故乡 ……………………………………… 33
家园 ……………………………………… 34
那始终是一个温柔的地方 ……………… 35
一生就是这样在泪水中 ………………… 38
夜,比邪恶的思想还要乌黑 …………… 41
春天 ……………………………………… 44
我说没有什么是一定的 ………………… 47
有毒的玛琳娜 …………………………… 48
树中的女人 ……………………………… 50
新生活 …………………………………… 53
给妻子 …………………………………… 54
女儿 ……………………………………… 56
哀歌之五 ………………………………… 58

哀歌之七	63
彼特拉克的叹息	68
鹌鹑	73
黎明曲	75
病人	77
祖先	78
回家	79
黑暗中的少女	80
周年纪念	81
门	82
祖国	83
游泳池畔的冥想	84

灵魂集（1998—2005）

中国诗人	97
杜甫	98
城禁	99
面包店员之歌	101
名家志	103
赞美夏天	104
老人	106
回信	108
压力	110

世纪末	*111*
致一位失业者	*112*
家住春秧街	*113*
在茶餐厅里	*115*
你没错,但你错了	*117*
翻译	*119*
朱伯添辞职	*122*
诗神放弃一个诗人	*126*
一个民族的灵魂现在离我更近	*128*
祖母的墓志铭	*130*
陆阿比	*132*
孤独	*134*
他想跟她说	*135*
司汤达致妹妹	*136*
政客	*138*
更幸福的笑容	*139*
致一位英语诗人	*140*
给这个时代的打油诗	*141*
给青年奥登的信	*143*
流动的鲜花	*148*
相信	*150*
亲密的时刻	*152*
巴士站	*154*

鸟粪的痕迹	*156*
白诚	*158*
半斤雨水	*160*
在候诊室	*162*
世界令我惊叹的时刻	*164*
毕架山道晨运贴士	*167*
但今夜你将失眠	*169*
爱上巴赫那天	*171*
微薄的温暖	*172*
美丽的瞬间	*174*
斜阳下	*176*
我的灵魂	*178*
致大海	*179*
习惯	*181*
秋日怀友	*183*
看海的人	*185*
患难	*187*
忍受	*188*
脸	*190*
雄狮入笼	*191*
在黎明中	*193*
休息日	*195*
奉献	*197*

送妹妹去澳洲 ·············· *198*

来自黑暗 ·············· *200*

奇迹集（2006—2008）

世界的光彩 ·············· *205*

两种爱 ·············· *207*

来生 ·············· *209*

既然是这样，那就是这样 ·············· *211*

日常的奇迹 ·············· *212*

炉火 ·············· *215*

光 ·············· *216*

天堂、人间、地狱 ·············· *217*

母子图 ·············· *218*

高楼吟 ·············· *219*

我不抱怨黑夜 ·············· *220*

伞 ·············· *222*

慈悲经 ·············· *223*

自由 ·············· *224*

鼓励 ·············· *225*

富有 ·············· *227*

婚礼 ·············· *228*

琴声 ·············· *229*

树 ·············· *230*

宝丽	*231*
这一刻	*232*
相信我	*234*
灵魂	*235*
三十八年	*236*
新年快乐	*238*
城市之神	*239*
幸福	*241*
现在让我们去爱街上任何一样东西	*242*
现在让我们去爱一个老人	*245*
下午	*247*
雨点	*248*
微光	*249*
裁缝店	*250*
晴天	*251*
阻碍	*252*
礼物	*253*
在风中摇摆	*254*
母亲	*255*
迟也是到,早也是到	*256*
长风	*257*
俯瞰	*258*
让我告诉你我怎样生活	*259*

消逝	261
形象	262
你是人	263
这么美	264
上班	265
母女图	266
凡是痛苦的	267
孤独	268
你的甜蜜,你的脾气	269
朝露	270
纯真	271
因为悲伤	272
得不到	273
不烦恼怎么办	275
才能的宇宙	277
混乱而忧烦的世界	278
静水深流	280

发现集(2009—2014)

我认识一个女人	285
发现者	288
朋友	289
海味店口	290

走上正确的路之后才有的喜悦 …… *291*

委屈 …… *292*

清澈见底 …… *293*

不幸的幸存者 …… *294*

我一代人都埋没了 …… *295*

莱奥帕尔迪 …… *296*

桑丘睡眠颂 …… *297*

加缪说佛 …… *299*

不要抹死一只蚂蚁 …… *300*

女孩与水 …… *303*

读者 …… *304*

幻灭者 …… *305*

相爱者 …… *306*

现在我才领会 …… *307*

善恶 …… *309*

天地 …… *311*

我的神秘主义 …… *312*

天真之神与养光的人 …… *313*

世界之大 …… *314*

太平山上 …… *315*

谴责 …… *316*

死神 …… *318*

年近五十 …… *321*

同质	*322*
致牛	*323*
在正义的王国里	*324*
奇怪的,奇妙的	*326*
别听	*328*
释有福	*329*
盲人	*330*
气息解读者	*331*
和赫塔·米勒	*333*
只不过是两年前	*335*
继续教导	*337*
窗口	*338*
女侍应	*340*
没出息的风暴	*341*
美好的事物	*342*
失去你之后	*343*
凭他的聪明	*344*
走调	*346*
倒水	*347*
他们真美,他们不只是人!	*348*
干完活,太阳升起	*349*
不去理会	*350*
细节	*351*

发现	*352*
大盆栽	*353*
起舞迎风	*354*
其	*355*
小树	*357*
斜阳	*358*
提高些	*359*
豪雨	*360*
大忌	*361*
变化之神	*363*
恢复	*364*
时刻	*366*
小花	*369*
伟大的鼓励	*371*
国王电车	*372*
余光	*374*
在医院	*375*
沟通	*377*
冬日	*378*
情人	*380*
不上班多好	*382*
洞背村	*383*

洞背集（2014—2016）

蝴蝶	*387*
绿道	*389*
慢	*390*
艺术与生活	*391*
一生	*392*
转行	*393*
味道	*394*
蟑螂	*395*
宠物蛾	*396*
在晴朗的日子	*397*
监视管	*398*
老宋	*400*
攀登大岭古	*401*
抵挡	*403*
盛夏里的暖冬	*404*
狗兄弟	*405*
开关	*407*
兜	*408*
水龙头	*409*
车主们	*410*
先知	*412*

报信鸡	413
泥壶蜂	414
英雄史诗	416
流逝	418
夕阳	420
让座	422
盲夫妻	423
他们的光	424
都将消逝	426
无知者	428
间歇	429
二姐夫	430
好邻居	432
深情	433
担惊受怕	434
立春	436
重要的事	437
溪涌沙滩的祝福	438
苍蝇	440
抽芽	441
牛肉	442
春天	443
大雾封山	444

洞背站	*446*
扩大改变	*448*
东莞火车站	*449*
消磨时间	*450*
想起一个诗人	*451*
囚狗	*452*
安慰	*453*
小山头	*454*
致小山头的树林	*455*
肥肉	*456*
漏斗	*457*
双非学童	*458*
只给我们	*460*
给番薯藤	*461*
神圣原则	*464*
耻辱的标志	*466*
孙文波之道	*467*
臭屁虫	*468*
背着	*470*
启示	*472*
孤独者,寂寞人	*473*
朱槿颂	*474*
抗议	*475*

工地 …………………………………… *476*

教友 …………………………………… *477*

咁辛苦 ………………………………… *479*

医院的天堂时刻 ……………………… *480*

灵实路 ………………………………… *481*

两个婆婆早上坐在病床上的对话 ……… *482*

为母亲祈祷 …………………………… *484*

诗　　艺

不写次要诗歌的诗人最终沦为次要诗人。

丰饶的大地在低处维持强盛的繁殖力。

裂缝之美。缺损之美。泥沙之美。不加区别之美。

天空中看不见的阳光靠着大地上万物把它接住而显现;大地上看不见的阴影靠着万物把阳光显现而形成。

世界先分成不同等级,再要求一切平等。于是产生判断力,考验并衡量我们慈悲、同情、怜悯,正义、道德、善和爱的程度,或相反的程度。

真诗:放弃虚荣的人找到它,追求虚荣的人炫耀它。

重视别人卑视的。走避的。忽略的。害怕的。或认为是平庸的。

那不牺牲自我的,最终被自我牺牲。

那接受一切的,最终成为一切。

那站在边缘的,最终自成中心。

那认识真理的,也可能只是认识真理。

标准的价值在于立与破,在立与破之间标准没有价值。

一个文盲不敢说他知书,但敢说他达理。一个不敢说善的诗人就像一个不敢说达理但敢说知书的文盲。

一个过好日子的诗人谈起自己终于过上的好日子,应当含着比他过寒酸的日子时谈起自己过着的寒酸日子更深的羞愧。

一个写好作品的诗人也应当如此。

冥想集(1985—1997)

回　　归

现在我们坐在南山口
看见我们的小山村
安好如初
这便是我亲爱的家乡
亲爱的
这也将成为你的家乡
因为我们很快就要结婚

从前我们的红砖大屋后
长着两棵参天古柏
带给我说不尽的幻想
现在不见了
大门口孩子们在玩耍
奔跑的身影很陌生
他们突然站住不动
向我们这边指指点点

亲爱的,你为什么

睁大眼睛望着我
你看
这山风真大
刮起一大片飞鸟
在空谷中旋转
久久不能平静

                1985

命 运

无须惊奇

农民在田野里
工人在厂房里
学生在校园里

犯人在监狱里

思想在头脑里
言论在心里
爱情在小说电影里
幸福在不幸里

1985

镜 与 杯

你的右脚翘上桌面
抚弄一只杯子
反映在镜子里
脚底的脉络仿佛沟纹
仿佛无数条东奔的细流
杯子时隐时现
变幻着姿态
如果你想象镜面是
一片海
一块天空
一个世界
你很难想象
你的右脚会是什么
杯子会是什么
你不断吸烟
吐出一股股浓雾
淹没镜里的杯子
淹没你的右脚

你的右脚和杯子在桌面上
在镜外的世界里

                1986

长久缄口之后

我经常在某件事情
和另一件事情之间
感到无所适从。
但就在我犹豫的瞬间
这方别过忧伤的面孔
那方也已随风飘去。
我再也掌握不了自己。
我单纯的心灵毕竟脆弱
禁不起对自己稍微的怀疑
这使我深感生命的艰难
并使我写的诗日趋紧张。

1987

日渐衰落

我的灵魂太纯净。
它站在高处
洞察四方
穿透事物
因而给我带来灾难
使我丧尽一切。
我在日渐衰落
两眼深陷。
如果有希望的光辉
自群山的背面升起
我定会及时拥抱
好好珍惜。
但我的前途一片暗淡
不祥的风雨就要降临
我即将失掉栖身的地方。

1987

倾　　诉

此刻我客居外乡,坐在窗前
夜已来临,宁静如它的颜色,如你的世界
孩子,你也许从梦中归来了
感到外界的干扰,和你母亲的呼吸
风吹拂我的脸庞,它也将一路而去
吹拂你母亲的脸庞,你将听出它的声音

你未成形的生命,是在艰难的年头形成的
你父亲备受命运的捉弄,逃至你母亲那里
寻求庇护,因而有了你;现在他又出来了
要作最后的斗争。你是爱情偶然的种子
我们不是为了你才有了你,孩子
这虽然很残酷,却也无可奈何

如果你将来开出幸福的花朵
　　　　　　　你不必感谢
如果你将来遭受了风吹雨打
　　　　　　　也不要埋怨

因为你是自然的赐予,必须接受自然的规律
无论你是男是女,我们都会养育你
愿你有母亲的美丽,但不要有父亲的智慧

智慧是灾难,你父亲为此付出很大代价
美丽随处可以抽芽,自会有人争相守护
智慧不可跟美丽相伴,否则会给后者招惹麻烦
你父亲不容于世俗,你母亲不懂得世故
结果他们走投无路,唯有彼此相濡以沫
愿你不要清高,也不要单纯
孩子啊,愿你一生平庸

切勿写诗,这是父亲唯一的忠告
坏诗糟蹋艺术,好诗为诗所误
好或坏,一旦染上,就无法自拔
我落得如此狼狈,正是一个例子
这是我作为父亲,赠送你的第一首诗
以后还要写很多,告诉你人间的险恶
愿你平平稳稳,这是父母的希望
他日你人面兽心,或者行尸走肉
我们都不会谴责,也永不会遗憾

1987

收获的季节

我们的时代
产生一些优秀诗篇
但没有出现伟大诗人

叶芝终生忧郁,大器晚成
弗罗斯特简单透彻,大智若愚
他们的作品后代还在阅读
我们很早便写诗
偏爱精巧
且醉心名利
大半才华用于遣词造句
剩下来的用于互相吹捧
对清贫过于执着
对烟酒过于豪爽
收获的季节
仍然听不见鸟声

伟大

并非表面的一派庄严
而是背后的莫大痛楚

1987

彭　　斯

我在日落时分读你纯朴的诗篇
纯朴的苏格兰人,我多羡慕你
你在人间种植了青枝绿叶
爱情的河流环绕你的家乡
而我已经丧失了故乡的优秀品格
绝望的肉体再也开不出美丽花朵

1987

危 机 四 伏

有一样神秘的东西
时刻都在捉弄我
我无法确定
它到底藏在哪里
有时觉得它在天上
有时觉得它在我周围
有时觉得它就在我体内
也许它就是命运或上帝
它并不伤害我
我也不在乎受伤害
但它使我感到危机四伏
使我疑神疑鬼
它似乎永不疲惫,永不衰老
也永不放松
叫我永不得安宁

1988,广州

我 的 女 人

我的女人总要在我出外谋生的时候静静流泪,
作为男人我没有理由不接受如此纯洁的奉献;
而我心中纠缠着的一千种心情一万种复杂
除了嵌入吃苦耐劳的性格不能以任何方式表达。

我像平时上市场买菜那样告别她和幼小的女儿,
乘船过东海下南海,对此行的运气毫无把握;
她又归于平静如水的生活。此刻她可以准确地
想象我在海上的情形,但她不可能理解海上的含义。

1989

我欠你太多

我欠你太多就像你觉得你欠我太多,
作为一个诗人我岂会忽略任何一个细节;
你的耐性实在使我吃惊使我感激终生,
而你的惰性跟你的耐性一样的可怕。

你可以想念我但你不要饶恕我,
实际上我绝对无知并且无耻,因为
我忘了无论哪个人在哪个地方
在哪个时候都没有任何清福可享。

1989

这是我个人历史最黑暗的时期

这是我个人历史最黑暗的时期,
残酷的牙痛统治我和我的世界;
连续几天我不能思想不能回忆,
不能从声音辨别意义或从光线辨别色彩。

外在的袭击还可以激发本能抵抗,
自身的问题无法拿自身去解决;
我的灵魂因承受不住肉体的浩劫而叛逃,
我诅咒牙痛连带诅咒我那没有规则的生活。

1989

当我在一个很不正常的都市里

当我在一个很不正常的都市里,在夜里灯光下默默
阅读古老的诗歌,我遥远的家神啊,你已经入睡!
每一扇安静的窗门都已经悄悄关闭,这个时候
我真不该打扰你,但请你原谅并理解我的担忧:

请你,恕我啰唆,张开警惕的网,保护好我的妻女!
如果你需要风,我为你祈求;需要雨,也一定及时;
如果你需要阳光,我吩咐天空立即晴朗;但是啊,
你一定要张开警惕的网收拾每一条病虫每一个坏蛋。

1989

给一位越南姑娘

(她是我的工友)

美丽的姑娘,苍白的脸,
你象征着你远方的祖国;
你黑暗的眼睛有一线光,
它诉说着你家园的荒凉。

一朵纯洁的花,遇到了可怕的命运,
风雨啊,你们将把她吹落在哪里?
谁将把她守护?谁将怀着爱心过问
她的美丽如何产生,苍白如何形成?

1989

安静吧,一动也不要动

安静吧,一动也不要动,
你的灵魂在接受新的洗礼,
它顺着你的呼吸,游出你的身体,
此刻,它停留在稀薄的空气里。

看看吧,它是多么清晰,
它改观后还会返回你的身体,
请深深地呼吸,把它纳入——
稍候,你也要脱胎换骨。

1989

我　记　得

我记得那个秋天下午,
我和朋友静坐在他屋子里,
空气原是沉闷而且虚浮,
外面有危险的眼睛在监视。

但你来了,依然谈笑如故,
像暗淡的梦里光明的天使
你放宽了我们紧张的呼吸,
我们的精神像风中的丝绸

飘扬,暂时忘却心灵的痛楚。
我能准确回忆你每个举止,
还有你说话时牙齿的细节,

你仿佛荟萃了人间所有的美丽,
同时保存着少女无邪的变幻莫测:
我将永远想念你,怀着感激。

1989

纪念荷尔德林

涅卡河里的流水静静流淌,
涅卡河畔的天空无边无际;
苦难的诗人呆坐在阁楼里,
阁楼的窗口像一场噩梦:

从前你的深情拥抱过的山岗,
从前你的灵感触抚过的草地,
如今都怀着不可告人的敌意
威胁着你,使你极度紧张:

从前神圣的祖国,神圣的家乡,
如今在你的心灵里暗淡下去,
因为你已经枯竭了,已经被弃置

在一个垃圾桶似的角落,像发霉的果酱:
涅卡河里的天空掉转方向,
涅卡河里的流水更换目的。

1989

纪念故乡的一位堂叔

悲鸣吧,平静的山风,
哭泣吧,纯洁的白云,
为了我脚边的墓中
这个死去多年的农民;

你们最清楚,在这世上
谁没有罪而又受苦,
谁谱写美德而不被歌唱,
谁作了恶而仍然狠毒;

你们最明白,什么叫报应,
你们最懂得,什么叫补偿,
但是墓中这个寂灭的幽灵

获得的却是生死的两茫;
那么悲鸣吧,哭泣吧,你们
平静的山风,纯洁的白云!

1989

云如海在天空漂泊

云如海在天空漂泊，
大地上刮起大风，
我不知道草儿在风中
是感到一阵强大的压力

还是感到无比的舒畅：
它们在那里起起伏伏，
仿佛掀起了重重波浪；
我不知它们是在欢呼

还是在无助地啼哭；
就像风刮到我的脸庞
和胸膛，拉扯我的衣裳

并把我整个地兜住，
但我不知道我的投入
是喜悦，还是忧伤。

1989

在我们的私人空间里

在我们的私人空间里
都珍藏着一个小小的角落,
它是我们唯一的寄托,
所花的心思比针还细;

它使我们忘却生命的沉重
而安于一种谦卑的寂寞,
有时候我们被自己深深打动
并在一阵辛酸中黯然泪落;

我们懂得自己的渺小,
所以从来就不敢企望高傲,
我们像一块平凡的手表

尽量不辜负内心的发条,
有时候我们是多么确实地感到:
"多少伟大的时刻,没有人知道。"

1990

只有在黑暗中

只有在黑暗中坚持到黎明的人
才能领悟孤独的真谛并接受
晨光的洗礼;只有在孤独中忘却时辰
并固执于文字的人,才能置身于寂寞

而不被寂寞侵袭;只有崇尚精神
并为之献出卑微一生的人,才能坚韧不拔并打破
自然世界加之于他的桎梏;只有默默耕耘
并默默收获的人,才能默默地承前启后。

1990

土地是残酷的

土地是残酷的,它牢牢控制着农民,
逼着他一辈子在它身上扒、背上爬,
驾着犁赶着牛在它大腹上不停地转,
赤着脚、脏着脸,时间一样没有形象;

它逼着他挖,逼着他掘,把石头扛来扛去,
走过刚走过的路,拔掉刚拔掉的草,
永远在挣扎、在希望,再挣扎、再希望,
一生为它而活,因它而死,这残酷的土地。

1990

梦

我回来了。好像是从战乱
或流放地回来的。那环境
和那心境是暗淡的。
我,一个饱尝忧患的诗人,
年过四十,衣衫不整,
终于回来了,在一间挂满
暗淡外衣的屋子里
找到你,我的妻子,
我在漫长岁月里坚持和等待
就是为了再见你一面。
我们像初恋时那样
紧紧拥抱。没有声音。
没有光线。屋子没有门窗,
我们也不知道屋外
有没有道路或人生。

1990

诗 人 回 家

是重新习惯回家的感觉的时候了,诗人,
这是你的卧室,这是你的家具,
这窗外的景物并非一场不可即的梦,
这周围大理石般清冷的气氛
正是你在异乡有时候
突然洋溢在胸间的暖流的真实体现。

这是你的水底的石头般一动不动的妻子,
而这是你的女儿,在你离开之后
每天以你的名字练习说话
以原始的色彩构造你的形象的
你的有着金色的发丝和小巧的嘴唇的女儿
此刻像一尾胆怯的小鱼
无声无息地绕到母亲背后
以硕大而乌黑的眼睛静静观察你。

这是你客居故乡的日子,诗人,
这是你以劳动换来的悠闲

以疲惫换来的休息
以安宁的生活代替孤独的漂泊的意味深长的
　日子,
短暂的日子,
光线一样均匀而脆弱的日子。

这有待熟悉的生疏,
这躲在岁月背后的神秘,
这颗悬在高空般不敢降落的心
像枝头上随时飞走的鸟儿
那样跳动,那样惊恐,
那样为远方的预感所牵引。

这是你一年一度的现实生活,诗人,
肌肤般可以触摸的生活,
枯萎的爱情艰难地获得发芽的生活,
拖垮你的身体
加速你的衰老
用你的双手一砖一瓦建筑起来的
你的跪在地上捧着自己的脸庞哭泣的生活。

是谁在歌唱?是谁的脚步声擦着地板?
是谁的芬芳像春天的藤蔓在各个角落繁衍?

是谁的来自前生般的目光时间般凝视你?
是重新习惯回家的感觉的时候了,诗人,
即便你有流泪的辛酸和不能流泪的悲哀。

    1990

故　乡

故乡的绝症起源于土地,就像我发炎的灵魂,
枯槁的桃树,结疤的梧桐,发胖的石头;
啊,辽阔的土地,动乱和贫穷的大本营,
你制造逃亡和死亡:现在我要以歌声埋葬你。

可是这句话刚出口,我就颓废了,疲惫了,
想睡,想失去记忆,像射过精的躯体,
而你,你是爱情的温床,牧童的山岗,
伟大之所以渺小的原因,时间不得不利用的场所。

1991

家　　园

——给吕德安

倒后镜里的家园已经远去,
我的兄长,你现在转乘飞机
和地铁,明尼阿波利斯、曼凯托、
纽约(它生动起来)、时代广场,
它们依次在你慌乱的椭圆字形中出现,它们
在传达:那倒后镜里的家园正在消失。

我是否在感伤?你是否记得那顿泰国饭?
下午。阳光。金钟走廊。香港
在你记忆中闪得更快,当我抬头仰望
中银大厦映出蓝与白,一架波音飞机
悄悄晃过它的表面。我承认,我假装
爱这座城市,这无耻的结合正在抽干

我的精力,我就快(啊我正在)向生活捐躯。

1991

那始终是一个温柔的地方

那始终是一个温柔的地方,
温柔的野兽啮啃紫色的玫瑰,
伟大的意志禁不住也要晕眩,
温柔的肉体呵堆满深褐色的土壤。

那始终是一个温柔的地方。
温柔的呼吸弥漫火焰的气息,笼罩双眼,
肥沃的回忆飘起快乐的缨穗,
光滑的石头呵默默拥抱,布满黄金的苔藓。

枯枝互相点燃,孤独互相取暖,
明亮的天空禁不住泪花盈盈,
仰卧的河床迅速做出反应,悸动、震惊:
那始终是一个温柔的地方。

那里有痛苦,有呻吟,
有血渍,有黑暗,
有黑暗中紧急的呼喊,

但始终是一个温柔的地方。

离开它的,最后还是回到它那里,
诅咒它的,仍然要跪下来为它祝福,
它是人类的迷宫呵,是一个秘密,
并且始终是一个温柔的地方。

它那里吸引诞生,也催促死亡,
暴风雨的种子前赴后继,
骚动的胚胎浴血而退,而它始终旺盛,
始终是一个温柔的地方。

它那里繁殖英雄,诱发力量,
蕴藏无穷无尽的潜能,
包庇罪恶,也收容苦难,但它
始终是一个温柔的地方。

日月变色,江山改容,
思想崩溃重组,观念来去匆匆,
但它始终不为所动,即使令人绝望
也始终是一个温柔的地方。

为了它我丧失一切,保守固执,

为了它我爱恨难辨,一生迷茫,
为了它呵,我轻歌浅唱,总在做梦,
而它始终宽广、激扬,并且骄傲于自己

始终是一个温柔的地方……

1991

一生就是这样在泪水中

一生就是这样在泪水中默默忍吞。
从黑暗中来,到白云中去,
从根茎里来却不能回泥土里去,
一生就是这样在时光中注满怨恨。

一生就是这样在时光中戕害自身。
在烟雾中思考,在思考中沉睡,
在处心积虑中使灵魂伤痕累累——
一生就是这样在火光中寻找灰烬。

就是这样,用牙齿、用刺,
用一个工具挖掘一生的问题;
用回忆消愁,用前途截断退路,
用春天的枝叶遮住眼中的耻辱。

就是这样,把命运比作瘀血,
把挫折当成病,把悲哀的债务还清;
就是这样发闷、发呆、发热,

发出痛苦的叹息并在痛苦中酝酿绝症。

一生就是这样在痛苦中模拟欢乐。
做砖、做瓦、做牛、做马,
做那被制度阻隔的团圆梦,
一生就是这样在诺言中迁徙漂泊。

一生就是这样在守望中舔起伤口。
对人冷漠,对己残酷,
对世界视若无睹,对花草不屑一顾,
一生就是这样在反省中拒绝悔悟。

就是这样,吃惊,然后镇静,
蠢蠢欲动然后打消念头,
猛地想起什么,又沮丧地被它逃走,
就是这样困顿、疑惑、脑筋僵硬。

就是这样建设、摧毁、不得安宁。
在挖掘中被淘汰,在忍吞中被戕害,
在碌碌无为中被迫离开——
一生就是这样在迁徙漂泊中饱尝悲哀。

一生就是这样在爱与被爱中不能尽情地爱。

回忆一夜千金的温馨,把脑筋拧了又拧,
回忆稻田、麦浪、飞蛾,想一生是多么失败,
一生就是这样在饱尝挫折中积郁成病。

人就是这样,在泪水中结束一生。

1992

夜,比邪恶的思想还要乌黑

夜,比邪恶的思想还要乌黑许多倍的
乌黑的夜,生命的全部光亮
被深深埋藏起来,在这里,
在这个乌黑的夜的底层,被乌黑的呼吸堵住。

夜,缓慢走动的夜,缓慢但有方向,
在生命中走动,虚无、起伏、披满露珠,
抖落乌黑的锯末,猛地转身
投入生命的歧途:夜,比千百年前的夜

还要乌黑千百倍的,乌黑的夜呵,
来了、去了、远了、近了,
高了、低了、浅了、深了,
眼睛全瞎了,牙齿像一排排铁锹

使劲地铲着,那块叫作土地的牙床!
夜,堆积起来的厚厚的夜,凝望
只凝望一个地方,那是个温柔的地方呵,

温柔得像一只花猫起伏的软毛,

畏惧得像一只老鼠失魂的眼睛:
这夜,这失眠的乌黑的夜,乌黑得
没有哪只眼睛想看见,没有哪个夜
想置身其间,乌黑得只有寂静

可以与之较量,只有遥远的
被也是乌黑的云阻隔在千万里外的
星星,可以与之长久地抗衡,
乌黑得连土地也要长出保护层。

这夜,这庞大的茫茫的夜,
这夜中之夜呵,缓慢地走动,
缓慢地,像一只沉重的熊,
连时间也忍受不了它那笨拙的戏弄。

受迫害的田野,被出卖的雪,
夜呵,断肢的夜,无头的夜,
夜呵,盲目的夜,残酷的夜,
夜呵,铅块的夜,煤团的夜。

夜呵夜,梦游的乌黑的夜,

徐徐降落,徐徐合拢,
从天空,从大地,从四面八方
重重包围过来,亮出一把把乌黑的铁锹

要把我,一棵行将就木的树,活埋!

1992

春　　天

春天,十指的关节发响,
林中鸟儿也说:"我们又过了一年。"
钻土机深入地层,
根,勾起了对叶的怀念。

春天。山岳纹丝不动,
湖水扛起自己的脸,照见白云的污点,
耕地隐隐发出我要抽芽的暗示,
春天,嘴唇想起了去年。

爱情也隐隐作痛,心
开了又合,回忆又忘记,
春天的毛发如草,
春天的气息如泥。

春天的枝叶高高在上,
招呼远方、远景、远行人,
春天的容貌如花似玉,

春天,死去的人儿想起幸福的人们。

在雨的作用下,春天的空气
开始有了模糊而潮湿的感觉,
春天的声音回到过去,故乡
就在它抵达的时刻改变了颜色。

春天的白昼多么软弱,
春天的阳光飘忽而过,
春天,诗人想起苍茫的祖国,
爱情的回忆宛如树影的婆娑。

在花草的感动下,春天的纤足
开始走出妙龄少女的轻盈步履,
春天的红装鲜艳夺目,绿野
就在它经过的时候发出轻微的叹息。

春天的寂寞不为人知,
春天的孤独贯穿道路,
春天,流浪者想起荒凉的家园,
慈母的形象在心中仿佛一片迷雾。

饮罢早晨的白色乳汁,

躺在下午的吊床上消磨时光,
春天慵懒的身躯催人入眠,
春天温顺的双手滑进梦乡——

春天,十指的关节发亮。

1992

我说没有什么是一定的

　　我说没有什么是一定的,没有一个人可以在一生之中
　　只悄悄享受幸福而不遭受痛苦,没有一件事情可以
　　像一个概念长期存在,也没有一个概念可以不起变化,
　　白天出去黑夜进来一座房子总有很多明暗很多生死。

　　我们活着为了继续起变化,还为了目击肉体怎样消逝,
　　时间刮着我们的肌肤,难道它不也在刮着它自己的内脏;
　　下午的阳光铺展到我床上,这是白天最纯洁的内容,
　　它来的时候高楼不能阻挡,它去的时候同样流畅。

1993

有毒的玛琳娜
——纪念茨维塔耶娃

她在甘蔗地里种植异域的罂粟
她的红唇含着蜜蜂离巢时快乐的谜语
她正午站在日光中深夜站在我梦中
她是我有毒的玛琳娜

她在镜中收割红罂粟
她在蛇窝里蠕动腰肢
她到我梦中探访我并在离去的时候唤醒我
而我在睁开眼睛的那一瞬间失去我有毒的玛琳娜

玛琳娜,她的紫心!
玛琳娜,她的白灵魂!
我怎样穿过凶恶的牙齿和分泌黑液的舌头
抵达她多么纯洁的深喉!

她的歌是那云雀的
她的话是那流水的

她的悲哀是那风雨中折翼的飞鸟的
她是我心碎的小花瓣

圆眼睛的玛琳娜,眼睛边缘
镶着四十九颗蓝宝石
黑刘海的玛琳娜,清冷面容
有着我夏夜深处最原始的恐惧

诗歌的玛琳娜,疯狂的玛琳娜
滴血的声音仍彻响在北风中的
苦难的玛琳娜,灵魂的保姆
爱情的怀抱,屈辱的同音词

对于我,她是有毒的
生活中不可吻的
否则粉身碎骨的
玛琳娜

1993

树 中 的 女 人

女人,我怎样才能把你的容貌融化在手中,
我怎样才能把你整个的悲哀搂在怀中,
你脸上隐藏着蜘蛛、蝴蝶和老虎,
你眼里打开鸟儿的天堂;

这些日子我的存在丧失于你的浓荫,
女人,这些星光正把它们一生的意义注入你,
你肩膀的叶子,你发丛里的纤维和血丝、虚幻之舟,
它们都在狂妄地梦想着一个彩虹围绕的小岛;

是的,小岛,和环岛的小径,还有红屋顶下的白房子,
哦女人,褐蛇正爬上你的古铜臂,诱惑
你红唇含着的唾液,连带你可能低头时有毒的目光,
你缜密的毛孔吐出如丝的舌头,你的吻是同时快乐和死亡的;

女人,歌声把它的歌手丧失给你,

月光赋予你秀发、黑暗和深沉的夜之水域,水底

正潜流着绿色的肺、膨胀的苔藓和不眠之鱼的最高梦想,

你正是通过那仰望之眉把这沉默的梦想送上天堂的;

当鸟儿呼叫着飞入日光,它们的翅膀融化于空气,

浮现于呼吸,女人,我怎样才能爱你而不咬伤你,

我怎样才能抵达你的根而不冒犯你的泥土,

你的展开是同时肉体和灵魂的;

爱是什么呢,生命的竹帘是低垂而透着阳光和黑暗的,

而你的乳房起舞着,在风中,在枝叶的簇拥下——女人,

我的声音越来越远,我的地平线退到最天边,

当肌肤用欢愉的颤动说话,你是我窗口唯一的孤独提醒者;

而我要保持你秋风中沉默的形象,你那欲冲天而起的舞姿,

你的渴望通过天堂的喉咙表达天堂的梦想,

你的凝视是漫长的,摇晃的,同时爱和遗忘的,

你把我连根拔起似的拥入怀中,你就要通过风暴把我卷上天堂。

1993

新 生 活

即将到来的新生活,你披着光的芒刺冲向我,
我身上这半湖静水禁不住升起柱柱水花,
新生活!我口中这发出你的音节的舌头
也骤然晕眩于你那无声袭来的无限明亮!

挡不住的光的势力,堵不住的光的泉眼,
新生活!这春天的意思非常明显,它背后
那若隐若现的闪电想劈开什么,新生活!
这是一只卷在残叶里的虫,它要求蜕变。

1993

给　妻　子

亲爱的,生活不怎么好,
但也不会更糟。
结婚六年,孩子五岁,
你还保持单纯,对爱情抱有幻想,
这是你的幸福;
我呢,还继续写诗,并且越写越玄,
你知道也不容易。
我们谈了恋爱,做了夫妻,
有了家,生了孩子,
两地分居,通信,打长途电话,
然后团圆了,高兴了,不满了,
笑了,哭了,吵了,好了。
我知道生活并不太糟,
可也不期望会更好,大概就是这样。
日复一日,年复一年,
我们都会改变,但相去不会太远,
生活就是这样,大概就是这样,
只要你还保持单纯,对爱情抱有幻想,

我呢,还继续写诗,并且越写越玄。

1994

女　　儿

我的小冤家,小喜鹊,小闹钟,
她的灵魂到处飞扬,幻想的翅膀高于蓝天,
她说:"爸爸",眼里闪烁迷人的光辉,
然后就不说话了,继续在床上蹦跳,
仿佛蹦跳才是生命的责任,藐视我坐着的笨样。
她又说:"爸爸",这回嘴边露出一丝儿微笑,
然后又不说话了,继续唱她自编的歌儿,
灵魂飞上了天,我敢肯定。
我的小捣蛋,小淘气,小冒失鬼,
她的灵魂真不在身上,像一个风筝拼命飞升,
我得每时每刻抓住那条想挣脱的线,
让她知道地球在这儿,爸爸在这儿。
她说:"爸爸",声音也是梦一般的,
然后又不说话了,继续在床上蹦蹦跳跳,
仿佛爸爸是她自己的脑袋,
隔一会儿就要摸摸还在不在,
或者像一杯水,渴了喝它一口又放回原处。
"爸爸",这回她悄悄给我一个吻,

并且知道我会感到幸福——她目光比我还
  敏捷——
"爸爸,"她说,"咱们去公园玩好吗?"
迷人的光辉,甜蜜的微笑,梦一般的声音,
灵魂终于降落在身上,但立即又要起飞,
"好啊",我说,我怎么好意思拒绝呢,
我这个幸福的爸爸。

1994

哀 歌 之 五

1

语言把我们引向人群,我们再把自己引向语言。

一个来回,语言已不是语言,我们已成为碎片。

再一个来回,语言以动词和名词覆盖我们。

当我们脱下动物的皮肤和气味走向生活,

生活即以鸡毛蒜皮和坛坛罐罐覆盖我们。

蒙蔽和领悟把我们引向各自的命运。

"世界明天就要结束,而我还在栽我的小苹果树。"

从一片叶子里我看到明天的世界,好像朝阳看到了落日。

在回忆的小广场我看到秋风中的红苹果坠向明天的世界。

我在人头攒动的小广场倾听那场

把所有不存在或即将存在的苹果树摧毁的

风暴。

一场词语风暴,闪电般从词语内部倾巢而出的风暴。

动词掀起名词、弓箭引导射手、青春被老年迅速梦见的风暴。

做梦就是我们的一生。

而我们把一生的大部分时光用在醒的边缘上。

平庸就是我们的一生。

我们把一切的光洁部分摸了摸,然后去摘取那晦暗的。

我们把真理的明亮部分摸了摸,然后去练习那漆黑的。

我们把正义的白天部分摸了摸,然后去适应灰色谎言。

邪恶就是我们的一生。

我们把风暴的种子埋进平庸的肉体,袭击灵魂。

我们把惊恐的眼睛撒在暴风雨后的土地上,自生自灭。

我们把舌头扔出窗口,对世界保持沉默。对真理保持沉默。

怯懦就是我们的一生。

2

语言是不朽的,而我们不是语言的创造者,仅仅是促进者和工作者而已。

语言是水,而我们是风。

语言是浪潮,而我们推波助澜。

它沉默了,并不意味着我们不继续吹皱它。

它揭穿我们仅剩的秘密,而我们还在捏造。

虚伪就是我们的一生。

我们向太阳低头,为了乞取它的照耀。

为了乞取生活的剩饭,我们挖出内心的黄金。

为了一只欲望的乳房,我们动用了一整天的贪婪。

为了向黑夜屈服,我们把黄昏和下午也一块出卖。

在骄傲的尽头见不到谦逊。

在绝望的尽头陷入更绝望。

在美的背后给美插上一刀。

耻辱就是我们的一生。而我们寻求那更耻辱的。

在肉中掠夺爱情,在树中盗取燃烧。

在词中剥削意义,在碗中吞噬良心。

生活成为借口:用它背叛朋友,
用它兴风作浪,回头又用它生活。
语言是借口中的借口:
它背叛所有背叛它的。
词语就是上帝。

3

故乡就是废墟。
只有语言才能拯救我们。
只有语言才能使时间长出绿叶。
使风中的月雨中的水合为一体。
使大地裸露心脏如同天空裸露太阳。
使石头打破沉默。
使闪电切开风暴的脉搏。
使蝴蝶弯腰大海倾斜。
使日子穿过夏天的小腹。
使泪水汪汪的眼睛看到陆地的极限。
使树叶在树身上弹奏飘落的音乐。
使一切
像一切应有的那样
在分手的时候握住结合的意义,
从寂静的口中亮出词语的刀锋。

只有语言才能拯救我们。给我们绳索、草和幻觉。

使我们不知道事物的本质又以为知道,

知道了却仍然被以为不知道。

使真理无理,谎言无言。

使存在变成虚无。使生命变成废墟。

只有语言能够拯救我们。

而语言已不能够拯救我们。

它使我们变得毫无价值,再使它自己变得毫无价值。

这就是它的价值,超越我们的死亡。

1994—1995

哀 歌 之 七

1

故园像一粒小米被一枚子弹击中。

橡树把它的金冠让给黑夜之王,自己连根拔起

任风暴的大合唱洗劫家园,抢夺篱笆、石桌和筛。

蟋蟀部落的迁徙开始了,蚁群爬过墙脚的枯叶:

如果有人把它揭开,定能看见整个秋天的腐败。

如果有人把这记忆的手掌摊开,定能看到山谷的沉落。

马蹄踏过青瓦,草儿惊呼。流星雨溅出武仙座,夜空耀眼。

如果儿时的小洋葱就是营养,远离土地也就能忘却父亲。

远离土地的人不能不忘却土地,唯母亲的形象

撞击内心。

谁可以狠下心把珍贵的体验化为粪土。

以粮食为根的必将归于尘土,以汉语为水的

必将漂泊。这是黑暗的命运,这之中必有秘密。

而揭开它竟是我们的命运。这血还能分出

更稠的血,犹如这水——浓得叫我们流泪。

而故园像一粒小米被步枪抵住喉咙。五月的群山,

六月的群众,都在清醒地注视那个后退的方向。

当一只眼睛掉在地面、一只手臂挂在空中,

有人利用这个机会,把诗歌和政治混为一谈。

而秋天静静升起,犹如失去的橡树,

它的气息充满复活的力量。那就复活吧,

记忆,如果耳中的风暴可以击晕头脑,

脑中的死水又何尝不能惊醒灵魂。

2

站在黎明的码头,我是黑夜的孤独者。

站在白天的故乡,我把出发的影子拉得比归来还长。

站在晨光中我理解到傍晚之所以被黑夜吞没的缘由。

我永远在从这里离开,又永远在从别处归来。
在大海的耳畔我把山风的叹息连给波涛。
在商业的中心我把祖国的神秘花朵藏于耳中。
在巴士上、火车上,在缓慢而平稳的轮船上
我把奇异的目光投给玻璃山水、扑克面孔
和同样冷漠的城镇和城镇。
在黎明的山岗,
在曙光的航空站,我是夜以继日的抒情诗人。
在高速公路把生殖插向乡村和乡村的地方
我让缩小的影子退回到母亲子宫的黑暗之畔。
在科技的俯视下,在影像的风暴摧残心灵的都市,
我已无所谓我更小的心灵遭受更大的摧残:
我已无所谓星空的布袋口收得更窄更紧,
同样不在乎知识的皮肤萎缩或者光鲜,生出棱角
或者淡出鸟来。在城市神经渗出血丝的交通网,
我乘坐无爱无恨的巴士、电车和诡秘的地铁,
像水泥一样安稳地生活,像枯叶一样散步。
在鸿福大楼和国华大厦的出入口,我每天出出

入入,

有所思,有所梦,有所得,有所失——

反正无所谓。

3

这不是虚无,朋友。这是动物的现实,

而我们是动物中的动物,处于

现实中的现实:你尽可以管它叫作梦

或梦的现实。我说过我无所谓。唯一的尊严是诗歌的尊严。

唯一的幸福是词语的呢喃。我在"夢"这个字的草头上飞翔,

欢乐的阴影掠过故乡。故乡就是我认识并写下的第一个词。

我在后殖民地的阳光中如鱼得水,我也有我的生活方式。

我能学习我已经学习并予以包容,我在社会的洪水中

拾得一叶扁舟,要有多危险就有多危险。

前面还有时代的猛兽,

阳光中的毒草,高科技的刑罚。

而我像枯叶一样散步,在黄昏的入海口回忆

日出。

耳中藏着诗歌的韵脚,视野所及全是生辉的文字。

在政治的光谱中,在太平洋的歌喉里,唯一的尊严

仍然是诗歌的尊严。是撕下"为了生活"这个面具的时候了,

哪怕已经没有了真面目。自己才是地狱。

恰恰是在没有英雄的时代诗人才要粉身碎骨,借诗还魂。

而这是轻而易举的事,秘密就掌握在我们手中。

当我写下一首新诗的第一个字,

我就又回到了语言的故乡,看见

女人把她们鲜花的命运

撒在天堂的街道上。

1994—1995

彼特拉克的叹息

"尘世既没有欢乐,也没有永恒。"

1. 闻劳拉死讯,1348 年

在这白茫茫的世界,如今我已了无牵挂了,
劳拉!既然你,我生命中唯一的绿,也已
凋谢。二十一年了,自从我认识你,期间
见过几次面,你只给予我面纱背后的微笑,

此外就剩下我的绝望。美即悲哀,你的脸
是那悲哀的总谱。我青春的火焰已经熄灭,
别了,虚妄!我的泪水不禁渗出一片灼热:
我的痛苦从此得以凝固,前途即是深渊……

我,这无缘体验你胸口的温暖的孤独者,这
被你当成远方的思想者的,有着流水的寂寞
和麦浪的丰饶的收割者,他心中小小的灯盏
破了,碎了,毋须再弱不禁风了。我的一半

献给了诗歌,另一半献给了你,前者给了我
荣誉,后者永远地(永不了)傲视我的桂冠!

2.重返阿维尼翁,1342年

我来到这里,只为了凭借草木和流动的风景
重温一下你沁人心脾的气息。我爱上帝,但
我也瞒着他悄悄爱你。你兔子般闪忽的眼睛
永远为自己准备好了后路。我在溪边、河畔

追忆你,责怪你:其实我对你比你的血液对你
更温存,更不敢冒犯,你的提防将我变成一只
惊恐的小鹿。我已放弃了再与你见面的希望,
在阳光中,月桂树温暖的阴影悄悄把我稀释。

我的地平线,我的单音词,我的田畴之光,
我感到(我确实)历尽沧桑,而你正秘密地
长出天使的翅膀,用你遥远的注视把我窒息……
世俗的幸福飞快地消逝!日子在徒劳地拉长。

一次重返就像穿过一场风暴,我出去又进来,
此时此刻,我虽然不情愿——却不能不躲开。

3. 在旺图峰顶,1336 年

当我们攀上旺图峰顶,我这还算敏捷但已不算
强壮的身体终因疲乏而躺了下来,刚才我一路
看我内心的虚荣促使我来看的风景,一路反省
我的灵魂,和我心中的宝石。此刻我思绪涣散

只想打一会儿盹:这时你整个的笑容像一株
盛开的月桂映入我眼帘,伟大的圣奥古斯丁
给我的教训犹在耳旁萦绕。我承认,我胸坎
依旧藏着你的影子,我还不能像一艘船驶入

可以平静地回忆过去风暴的安全港湾。生命
如此复杂和多变,但是面对深植骨髓的情感
它也只能缄口无言。弟弟在我身边,他似乎
窥破了我一生守护的秘密,迎着山风轻叹……

我的高贵,我的修养,我所读所写的动人诗篇,
一想到你,它们便显得那么幼稚、羞怯和腼腆。

4. 抒情诗之一,1327 年

阿维尼翁黄昏的凄美令人心酸,教堂尖顶

落日的反光划破乡村的寂寥。早睡的田野
被上空的云彩牵引着:看来好梦还做不成
我来到我们第一次约会的月桂树下小歇——

它的嫩叶依然保留着你肌肤的香气与明净:
那天你倚着它细软的枝桠(唉,一想到这,
一想到你的身姿,我不禁又要长叹一声!)
把那非尘世的艳丽和流畅向我的醉眼倾泻。

如果上帝要惩罚我,你就是他降下的咒语;
如果他要怜悯我,你说漏一句话就已足够;
如果他要双管齐下,劳拉,只有你的温暖
可以搭救我了!但你脸上尽是水波的诡谲,

你的一颦一笑早已注定我此生要一错再错:
我将无比暗淡,又不能放弃再见你的希望。

5.抒情诗之二,1368 年

我已经躺进了苍蝇也对我不屑一顾的年龄,
衰老的针筒已经把永别的汁液不知不觉地
注入我的血脉,此时此刻,我只需要安静
而不是爱情。但是瞧!我又再次与你遭遇:

我的理智已不愿提起你,但昨夜梦中还是
看见了你。可是,纵然你把我应得的爱情
归还我,但我这剩下灰烬之热的炭块身躯
已经动都不想动了。多可怕!而你多聪明,

在肉体和精神都最饱满的时刻匆匆离去了,
你含笑于九霄,撇下我,我将含恨于九泉——
我再没有命运可言,再没有秘密,再没有
一丝儿微弱的愿望,我的破船已经驶入了

回忆的港湾,可是它已经无所谓安不安全:
一个人老了,就懒得去理会腐朽还是不朽。

1996

鹌 鹑

——给孙泽

整天,盛夏阴暗的大雨
从早晨一直下到黑夜
来把它淹没。我在你
五楼家中的客厅吞云吐雾,
泅泳在片言只语中,
那种无聊就像我们
疲惫地谈论的生活。
你第一次婚姻翻船,
第二次又遇到风暴。我原想
到你这里来避一避,没料到
也被卷入漩涡。你除了
合上眼皮,还能做什么。
现实永远像那扇铁门,
它尽可以生锈,但当它哐当一声关上,
那惊醒你的力量还是一样的沉重。

你跟生活过不去,无异于

河水跟海水争夺,落败的
永远是前者,但胜利的
也决非后者。你只是在泅泳。
而我是什么,我无非是暂时
站在岸边,身上多盖了一块
遮羞布,它不能使我就这样
走进世界。你说置身于
家具、碗碟、唠叨和咒骂中
使人感到做人很残酷。
我恨不得同意。你明白。
就像在菜市场上,他们
把鹌鹑的头割一个裂口,
再像剥开痛苦一样剥开
它们的皮,让它们
彷徨、迷惑,赤裸着肉
等待那些想滋补丈夫的主妇,
粗声或细语,光顾。

1996

黎 明 曲

维多利亚公园朦胧的轮廓
被朦胧的人影塑造着,然后我看见
周围的摩天大厦已接住最初的曙光。
我在高高的单杠下徘徊,心中的纹理
有露珠在滑动,而我知道,我已饱含
黎明的元气和空气。我开始吐纳,
拿烟味和酒味换健康的前景,而我知道
我已不再清新。眼前没有月桂树,
身边也没有常春藤。这些晨运者
都是心灵脆弱者,一场重病曾经
差点夺去差点被他们挥霍掉的生命。
现在他们像我一样,活在地平线的
另一侧,阴影既是他们想摆脱的,
又是他们辨别并珍惜明亮事物的地方。
那个为了苗条而呕出胆汁的少女,
那个因身上的赘肉而泪水倒流的妇人,
那个想偷偷征服厌食症的年轻母亲,
她们都摆出努力的姿态,跳跃,

压腿,弯腰,深呼吸,缓步跑,
穿行于抬不起头来的男人中间。
这些体育阴暗面的证人,把日子
押在早睡早起上。而我为自己
这过来人加旁观者的身份感到抱歉。
归途中我注意到,在远方,在一座高楼的天台
碟形天线盛住一缕霞光。就寝前
透过卧室的窗口我看见,在另一座高楼的天台
一样的装置盛住一样的霞光,
它正在减弱、消退、淡去,
它是我,一个昼睡夜起的人,
就寝的精确钟面,它说:
再见,白天。

1996

病　　人

人有秘密:健康人和病人
　——就像陆地和海洋。

他们在两个截然不同的世界里,
只有一线薄薄的接合处。

我在水底坚持着,失去了
应该失去的东西,却得到
不应该得到的;灵魂的棉絮
飘飞,肉体也像借来的。

世界是我浮出来呼吸的地方,
而我是我自己的受害者;
如果我跟你们有什么共同点,
那就是你们活着,而我像活着。

1996

祖　　先

枝繁叶茂的河流，黄昏的皮下
长出油灯的伤口，文字的火焰烧毁了
心中的坟墓和寂寞。木船小小的力量
浮游着——当河流苏醒过来，我们也

应该回家，把洁白的道路留在背后。
鱼的小嘴，水的薄唇，我们祖先的脸
掩埋在热泪之下。他们生根而我们落叶；
他们开花而我们不结果，不能结果。

在文字的热泪下，土壤掩藏了血脉。
我们祖先的脸靠着舟楫的潮湿倾听
枝繁叶茂的河流，他们伤口的经验
是我们的油灯，他们文字的灰烬将我们埋没。

1996

回　　家

我熟悉的泥坑,米,犁头和绳,
火焰上的蓝,矮树丛,和今天
不会紧贴在身上的粗盐;
昨日的玉,心中远方的幻影。

风中之雨呼啸而去,芭蕉叶
垂悬在雨下,只在一瞬间
有些人已在夜的保护下离去,
没有根,没有背景,没有人哀悼。

山脊上的黎明,怀抱处女之臂,
五月的光阴如翼,翠鸟尖利的视力
穿过乡村的没落,当我熟悉的炎阳
在我经过的田野中埋下热和疾病。

1996

黑暗中的少女

一张瓜子脸。生辉的额、乌亮的发
使她周围的黑暗失色,她在黑暗中
整理垃圾,坚定、从容、健康,
眼里透出微光,隐藏着生活的信仰。

她的母亲,一脸忧悒,显然受过磨难
并且还在受着煎熬,也许丈夫是个赌棍
或者酒徒,或者得了肺痨死去了,
也许他在尘土里从不知道自己有个女儿。

每天凌晨时分我下班回家,穿过小巷,
远远看见她在黑暗中跟母亲一起
默默整理一袋袋垃圾,我没敢多看她一眼,
唯恐碰上那微光,会怀疑起自己的信仰。

1996

周 年 纪 念

因为你用帽子保护
自己的头,
因为我用围巾保护
自己的胸。
因为你比我冷。
整整一年,我才生病:
高烧,出汗,惆怅。
我穿破一双皮鞋,
我扔掉两件夹克,
我像一个信封,
你可以小心拆,
或用力撕,
全在你掌握之中
——但我已学会
不把它寄出去。

1997

门

为什么它不高些,
让想象力也能通过?
每天进出,你都得
下意识地鞠躬,
养成一种委屈感。
在春天的暗夜,
你的骄傲开始出没,
并相信白昼是白痴。
你的皮肤长出红斑,
你已成熟到骨子里。
而那道门
限制你的肉身。
有一次你超速穿过它,
却只让它想起
你一直很缓慢。

1997

祖　　国

她与祖母只差一个字。
为了见她我来香港,
为了躲她我回大陆。
我背着她写汉字,而她不知道
那就是诗。我的父亲
是她的养子,我与她隔着
几层关系。我爱母亲
胜于爱祖母——她与祖国
只差一个字。而母亲
她也不知道我写诗。

　　　　　　　　　　1997

游泳池畔的冥想

1

当夏天最后一片嫩叶
赶在秋天之前生长,当它
绿色的表面掩饰不住加速的焦虑,我从
蓝水里冒出头来,爬上池畔
躺下来,用抚慰的心情看着它
像慢镜头里的跳水运动员
飘飞而下,并在它落在我脚尖
或耳旁之前,把目光投向远处
那道无声的玻璃幕墙——它隐约
反映出半个游泳池,一座旧楼,
一段马路,半个公园和公园右侧
几乎与天空同色的篮球场。我试图
集中视力寻找自己的影子,但只找到
我背后电灯柱上的挂钟,它的指针
正挨近下午三时。我的一天才刚刚开始,

赋予那个挂钟,我想,一点儿
不同的意义。而我赋予这不同的意义
以平凡的内容,清闲着,消磨着,
好像生活的节奏已交由我全权处理。
而我只是代理,我想。我的愿望
其实是要把自己交给它,条件是
稍微慢些,慢些,再慢些。
我要使自己像一头牛那样徐缓,既然
我已经像一头牛那样日夜操劳,
仿佛被日夜操劳着。我把可能的委屈
反刍到胃里,因为我深知草儿的价值。
让我把话说白吧:我被速度束缚着,
好像被一枚火箭绑架;我体内
装满强劲的节奏,它们撞击着
我这长方形的瘦身体。我要把苍白的皮肤
晒成栗色,涂掉这黑夜的隐喻。我开始
像预言家一样,拥抱着梦想。而我的梦想
就是打开一本诗集,在任何一个季节
任何一天任何一个时辰,闲坐在
任何一座乡间旧屋的门廊下,阅读,
并让周围的事物——柳叶、槐花,
稻穗、溪流——聚拢过来,
浸透书页里的文字。而只要我愿意

我可以像将椅子搬回屋里一样
将所有这些意象搬进写作里,
一伸手就能触及词语的浓荫
和字丛下韵脚的潮湿;只要我
打个哈欠,它们就会精神一振,
恢复它们的意识,像一个午睡的家庭
被一个远方来客唤醒,在惊喜中
扇动翅膀,心房发出嗡嗡声。

2

我把我的生命裂开成好几块,
永远含着破碎的意义,一块生存,
一块现实,一块家庭,一块诗歌,
每一块又破得更碎,最终把意义
变成了沙——每一粒都漏向孤独,
但我不能也不想抱怨,因为
我有的是耐性。因为耐性是一种
内省的形式,而我有一颗
螺旋式的心,它的尖端钻入
深处,周遭喷出暴风雨式的碎屑。
我希望把一种纤细的汉语
写进诗里,并且是在昼与夜的

夹缝中,在翻译家和自由撰稿人的
接合处,在丈夫和父亲和儿子的
交叉点,并且相信,它定能帮助我
免于陷入上述种种关系的
纠缠中,定能帮助我从疲劳中
恢复元气,吸吮现实的乳汁
——是的,我的梦想就是把诗
写得水乳交融:一杯水是静态的,
一杯乳也是,当两者混合起来
就会活动,饱满,禁不住要溢出杯沿——
想到这里我已经饥渴起来,啊是的,
我就是要写这样一种想起来
就令人饥渴,读起来双唇就沾满
白色乳汁的汉语……而我愿意
为此付出任何,并且已经付出很多,
代价。我一直在扮演多重角色,日夜
跟它们周旋,为了每个月空出
三五天,每年空出三两个月
照顾、保护生命中这个最敏感的部位
——我的水乳之诗,梦想之词,
曲折之义。像一株爬藤,为了越过
任何阻碍,我可以迁就任何阻碍;
为了伸得更远,我可以

在任何粗糙的表面上连脑袋
也贴进去生根;为了攀向更高的光明
我可以在任何阴暗处委曲如蛇。
像一株爬藤,我把风雨也列入
生长的预算里;我前瞻日月,
后顾山川,我铺排、铺展
和铺张我的枝叶;哪里有狭窄,
哪里就有我的宽敞;哪里
有枯燥,哪里就有我的繁茂;
哪里有羊肠小道,哪里
就有我绿色和光明的前景。当城市
以交错的犬牙围困我的肉体,我已
先于它而逸出自身。因为
哪里有约束我之处,哪里
就是我解脱和得救之路。
我存在——故我蔓延。

3

而我的破碎阻碍着,同时也丰富着
我的蔓延。我的白天,我的睡眠
也裂开成好几块。我在别人起床的时候
上床,在中午被不耐烦的女儿唤醒

送她上学;我背着她的书包,牵着
她的小手,在电车的叮当声中打盹,
在梦与现实的摩擦声中经历,并且相信
这样才真正体会到,睡眠的幸福与痛苦;
然后回家继续两个小时或更多的
睡眠,有时候挤出两个小时
(为了健康,为了诗歌,为了健康的诗歌)
到维多利亚公园的游泳池去拥有
另一块属于自己的天地:它像
一首深歌,把我变成水中物,
让我学习鱼的品格;又像
柔软的语言,考验我的温存,
使我心潮起伏,使我懂得
把阳光当成清风来享受,使我学会
抚慰自己,暂且把生活搁在池畔
像浴巾;尤其是隔着油漆的栏杆
我觉得我已经更加了解现实
及其超现实。在几乎是
热带的气氛中,在阳光的诱惑下,
我就这么躺在游泳池畔,
用陌生的声音跟陌生的自己对话,
仿佛一杯水在跟一杯乳交谈,
直到一个皮肤晒成棕色的苗条妇人

闪着光走过我身旁,或一个肌肉健壮的男人
把一泼水溅到我身上,或一阵突如其来的暴雨
瓢泼而下,我才再次使自己跟周围的环境
联系起来,并且清闲着,消磨着,
想跟事物握手,跟现实拥抱,
跟明净的远山打招呼。而我只是转身
投入蓝水的怀中。这投入的动作
何尝不是摆脱的动作,尽管
我只是沾了一点儿自由式的边,
尽管水的狂吻把我呛得直打喷嚏,
命令我再次爬上池畔,气喘
如牛。我知道,就像水也知道
我这一切只称得上笨拙的挣扎,
就像诗人在世俗的角色里挣扎
——事实上诗人又何尝有一刻
不世俗,他的歌声在水中
也只能跟任何人一样变成冒升的泡沫。
我像划桨一样,把我自己,这只
小皮艇,划近看得见马赛克的浅水处。
一个少年灵活如水手,绕着我穿梭,
好像随时要骑到我身上,划着我
驶向维多利亚港,等风暴来了
再把我泊进铜锣湾避风塘。

4

当我感到口干的时候,我挣扎着
站立起来,把护目镜推到额头上,
走到池畔餐厅的露天茶座。坐下不久
便听到一个熟悉的声音,唤我的名字。
我感到他是一位多次向我传授
诗歌秘密的已故大师,这一回
他似乎已知道我又要向他求教,
关于诗歌,关于生活,关于
夹在诗歌与生活中间的委屈。
"你要明白,"他说,"委屈
是时代的同义词,在委屈中写作
方能完美,委屈方能求全。
没有人比你更忧烦或不忧烦,
但你可以有,并且已经有了
比别人享受更多喜悦的可能性。
语言使我们得以一脉相承,
隔着几代相遇。当你梦见我
那也是我梦见你,当你书写
你的静脉便也流着我的血液,
你的诗句里也有我用过的字

——当早晨从你玻璃窗外醒来,你看见
而我看不见,你写下来,
我们便在晨光中相遇。"

他声音像晨光,徐徐融入水中,
透过微弱的涟漪把温暖扩散:
"语言是有知觉的,牵一字
而动全诗,每一个意象
都像游泳池里涌动的阳光
溶解你和你鼻尖下的波纹。
你正处于领悟这点的临界线上,
并怀着狂喜等待我来给你肯定。"
他说话像下雨,而我不知道
自己应该忙着避雨
还是应该忙着盛雨。但我知道
在我们这时代,诗人
只能为往昔的大师而写,
他的文字借助他们的脉络而生色,
他在艺术上繁茂,在现实中
只能愈加枯燥。在夕阳的余晖里,
椰树和棕榈树为彼此的形
造彼此的影,诗人就是它们的形影下
其中一个戴着护目镜的泳客,

大家都保持小小的神秘。
如果他有什么骄傲,那就是
他在现实中低头,
而不向现实低头。
他低头是为了向自己的胸坎
承认他与众不同:
当他创造一个个零的突破,
只有他的祖先在屏息谛听。

     1997—2008—2015

灵魂集(1998—2005)

中 国 诗 人

生于中国,听命于汉语,
很晚你才明白这个道理,
就像身为中国人,很晚
你才发现自己是汉语诗人。
不假装看不见眼前的混乱,
你在嘈杂中找到一种声音,
它需要拿严谨来换幸福,
像格律诗,需要你押韵。

现在你已经来到人生的中途,
需要更严谨地规划你的抱负:
谦虚,不是因为精通世情;
完美,不是因为善于修辞;
更年轻的诗人谈论你的言行,
不是因为你需要被他们宽恕。

1998

杜 甫

他多么渺小,相对于他的诗歌;
他的生平捉襟见肘,像他的生活,
只给我们留下一个褴褛的形象,
叫无忧者发愁,痛苦者坚强。

上天要他高尚,所以让他平凡,
他的日子像白米,每粒都是艰难。
汉语的灵魂要寻找恰当的载体,
而这个流亡者正是它安稳的家。

历史跟他相比,只是一段插曲;
战争若知道他,定会停止干戈;
痛苦,也要在他身上寻找深度。

上天赋予他不起眼的躯壳,
装着山川、风物、丧乱和爱,
让他一个人活出一个时代。

1998

城　　禁

一架机器一心想拿你去镶嵌
它的臃肿,仅仅因为它知道
你是一枚钻石,照耀它的缺陷;
它派人按着你的头要你求饶,
仅仅因为你不介意他们也有尊严。

你不是一颗螺丝钉,它早知道,
只不过它还想多尝一遍
知道得太迟的味道。它不知道
你其实很像一颗螺丝钉,并且
很愿意让自己像一颗螺丝钉

闲置在工商行的角落,注解
这时代的灰暗、停顿和忙乱:
你很想成为一个不存在的人,
隐身于文字,歌颂一张面孔。
但它以它的方式令你失踪,

叫所有的声音都找不到你的位置,
然后又把你无限地扩大、夸张——
用一个城市而不是用一座监狱
禁锢你,但你的形象它不能阻挡:
你又现身于文字,并且不穿囚衣。

        1998

面包店员之歌

上帝,春天和老板的女儿
一齐光临,到这间小小的
面包店;她把头发梳到背后,
眼睛一眯,笑容就展开,
三两秒钟迎来一个顾客。

中午时分,满街都是学童,
满面包店都是小顾客,常常
我不知道该如何安排自己:
看着她每天换一次新装,
我的灵魂也每天换一次。

她的眼睛会突然明亮起来
映照她的笑容,当那个
很像运动员的男人牵着
小老虎般的儿子一齐光临
这间小小的面包店,他们

买菠萝包、牛油包或肠仔包,
她洁白的牙齿只坦露给他看,
她神秘的天堂只为他打开,
我不知道该如何安排
自己卑微的存在。

上帝,过了中午的高峰,
老板的女儿便亭亭玉立
在这间小小的面包店,静静
想着大概除了你,就只有我
才知道的事情。而她知道

谁在想着她,看着她:我,
面包师傅阿胜,和每个
手伸到衣袋里假装摸不到
零钱的顾客。每当她转身
把一点儿眯笑的碎屑

撒给我,我就明白什么叫作
人中之人:她来到我们中间,
照亮我们的存在,好让我们
有个对比——我明白,上帝,
除了她,没有谁更接近你。

1998

名　家　志

他的著作已差不多可以等身,
明眼人看出就少那关键的两本。
他有一种你不用叫他先生的随和:
谁都跟他认识,但联系都不多。

他崛起于主义盛行的年代,
并穿梭于大大小小的流派;
现在主义和流派仍然很多,"太多",
他说,并归咎于年轻人爱出风头。

他出入酒会,晚宴,开幕式,
不是他喜欢,他立即纠正,
并认为这是一种必要的无意义。

他讲究饮食,出口成章:
满肚子掌故,趣闻,轶事,
每一样都多少跟他有关。

1998

赞 美 夏 天

一艘超级货轮把夏天
从远方运来,一群小学生
站在码头观看不知道是夏天
还是远方,大海的凶猛
终于在夏天停泊的港湾

平伏下来。快点,快点,
不知道是小学生还是小艇
催促着,港湾积满一层层阳光,
一切愿望都朝着那个方向汇合,
把全部的能量集中在那里释放。

快点,棕榈树!把你的轮廓
描在事物美丽的形体上;
把修长的变成繁茂,把拐杖
变成雨伞,把城市的小生活
纳入你的阴影,轻轻歌唱。

而我躺在维多利亚公园的游泳池畔
赞美夏天,用一些浪沫,
一些回忆,一些滚动的水珠:
我的皮肤在阳光中轻轻歌唱
不知道是浪沫还是水珠!

         1998

老　　人

他慢慢学会接受和享受
时间送给他的充裕礼物：
他没想到可以活得这么资深，
不做任何努力，竟然就快八十，
总算感到有点自由，有点没用。

他知道儿女们越来越关心他，
是因为他显得越来越不重要。
他闲坐，但闲下来就坐不住，
就到处闲逛，重新熟悉环境，
有时候也停下来思考人生。

他不知道应该高兴还是失望：
年老并不像年轻时怀着恐惧
想象的那般恐惧，倒像孩子
期待成长那般期待明天和死亡
——明天，也只是死亡的过道。

他知道自己并不比别人特殊:
读书、工作、恋爱、结婚,
退休、丧偶、孤独、散步,
没有做过别人没有做过的事情,
没有浪费别人没有浪费的生命。

1998

回　　信

我想你知道,没有任何工作
是个好工作,只要它是工作。
所以我希望你喜欢(如果你不喜欢)
你现在的工作,像任何其他工作。

此地越来越糟,不过我担心
它不会糟过居民的神经紧张;
我们公司也在裁员,每个人
都抱着下一回不是自己的希望。

我希望下一首诗写得更好,
有朋友说,我的诗这么好,
要是他能这样,干什么都行,
问题是,现在哪一行都不行。

我还是忙,我想不是因为
我事业顺畅,而是因为
一个人过了三十五岁

便好像什么都会。

1998

压　　力

大雨在高楼群中喧嚣，
我们在客厅里谈论战争；
我们把话题转到大雨，
它带来一个黑暗的天空
悬在我们窗外——如此明显
你不望出去也能感到；
而我感到一种压力
从楼底下往上升，我感到
稍微分散注意力
我就会被它托起和带走，
它汇合大雨和黑暗
变成大雨的黑暗，
在窗外冲击和涌动，
示威、叫喊、挥拳，
使我不能无动于衷，
使你也关心起来，
因为我注意到你挪动身体
更紧地靠近自己。

1998

世　纪　末

在政治的光谱中
文化选择失踪，
这城市把它的衰落
安排在世纪末：

也许它应该受祝福，
既然它已经生病，
也许它还要受诅咒，
既然它拒绝反省。

1998

致一位失业者

不是你没能力
而是经济如同人性,
就像更多人保持工作
只会增加这种残酷。

1998

家住春秧街

我家住在北角,两年前在锦屏街
"排骨面大王"对面的幸福大楼,
今年搬到春秧街,五年前我家
也是在春秧街荣发大厦,那时候
父母亲还没离婚,大姐还没嫁。

那时候春秧街的菜市场很兴旺,
电车挤在人群中,催人群让路,
住在湾仔的三叔经常在下午乘电车
来买便宜的鸭肾、鸡腿和猪肝,
典叔从九龙城坐船来买酱瓜。

闽南话是春秧街的普通话,
肉铺的肥宝也说得呱呱叫,
他爱上隔壁杂货店的美琪,
美琪她爸嫌他太胖太粗鲁,
美琪呢,只当他是个白痴。

从十二楼窗口往下望,春秧街
活像旧时代的一截尾巴,摊档上盖
铺满垃圾,人头在垃圾下攒动,
在晴朗的日子,看了就想下楼逛逛,
在阴天的时候,看了就想关窗。

在我们福建人的生活中,春秧街
等于"菜市场和一切",菜市场
搬走了,便一切都没有了,现在
我们搬回这个改变意义的地方:
母亲做清洁工,我准备考大学。

1998

在茶餐厅里

一个秃头的中年男人,
坐在斜对面的卡位里,
他对面坐着一个小儿子
和一个小女儿。
他如此孱弱,近于卑贱,
仅仅是这个形象,就足以
构成他老婆离婚的理由
——他多半是个离婚的男人,
身上满是倒霉的痕迹,
他没有任何声音,
也不作任何暗示,
却非常准确地照顾孩子吃饭;
两个孩子都吃得规规矩矩,
他们也没有任何声音,
也不留意任何暗示。
从他的表情,看得出
他把一切都献给了孩子,
却不给他们明显的关注。

这是个没有希望的男人,
他下半辈子就这么定了,
不会碰上另一个女人,
也不会变成另一个男人,
更不会有剩余的精力
去讨好人,或憎恶人。
但是,在履行这个责任时,
他身上隐藏着某种意义,
不是因为他自己感到,而是因为
他斜对面另一个中年男人
在这样观察着,思考着,
并悄悄地感动着……

         1999

你没错,但你错了

由于他五年来

每天从铜锣湾坐巴士到中环上班,

下班后又从中环坐巴士回铜锣湾,

在车上翻来覆去看报纸,

两天换一套衣服,

一星期换三对皮鞋,

两个月理一次头发,

五年来表情没怎么变,

体态也没怎么变,

年龄从二十八增至三十三,

看上去也没怎么变,

窗外的街景看上去也差不多,

除了偶尔不同,例如

爆水管,挖暗沟,修马路,

一些"工程在进行中"的告示,

一些"大减价"的横幅,

一些"要求"和"抗议"的标语,

一些在塞车时才留意到的店铺、招牌、橱窗,

一些肇事者和受害人已不在现场的交通事故,
你就以为他平平庸庸,
过着呆板而安稳的生活,
以为他用重复的日子浪费日子,
以为你比他幸运,毕竟你爱过恨过,
大起大落过,死里逃生过
——你没错,但你错了:
这五年来,他恋爱,
结婚,有一个儿子,
现在好不容易离了婚,
你那些幸运的经历他全都经历过,
而他经历过的,正等待你去重复。

1999

翻　　译

新闻翻译员朱伯添
正在翻译有关北约空袭
科索沃和塞尔维亚的新闻,
其中一段列出几个
被轰炸的科索沃城镇,包括:
普里什蒂纳,普里兹伦,
Vucitrn,Gnjilane,
Djakovica 和佩奇。
Vucitrn 以前没碰见过,
《外国地名词典》也查不到。
他想,后面那几个城镇都是新名字,
反正读者也不知道什么是什么,
不如删掉算了,简略为
"普里什蒂纳、普里兹伦等城镇",
上司也肯定不会在乎;但是,
他想到自己的责任,不应偷工减料,
便查更厚的《世界地名翻译手册》,
是武契特恩。Gnjilane

以前也没碰见过,查《世界地名翻译手册》,
是格尼拉内。Djakovica
以前也没碰见过,查《世界地名翻译手册》
查不到,他想,更薄的《外国地名词典》
查到的机会更少;他知道 kovica
可译为"科维察",但是 Dja 如何发音
他没有把握,很多阿拉伯
或穆斯林国家的地名以 Dja 开头,
都译成"贾",但他不敢贸然采用;
他反复细看,终于找到阿尔巴尼亚
也有一个以 Dja 开头的地名,
也译成"贾",科索沃居民主要是阿裔,
译成"贾"错不了,于是他把 Djakovica
译成贾科维察。为了更肯定
他又顺手查一下那本《外国地名词典》
说不定凑巧可以查到。果然很凑巧!
果然查到!果然是贾科维察!但是,
想到这些城镇可有可无,
上司和读者都不会在乎,
他又把它们删掉,只留下
科索沃首府(加上这个
背景说明,以方便读者)
普里什蒂纳和普里兹伦。

但是,他又想到忠实性,
尤其是想到这些地名下
有几个平民被炸死,
有几十个人被炸伤,
有更多房屋被炸毁。
所以他又按了一下鼠标,
把删掉的地名恢复过来,
加上原来的,完完整整读成:
科索沃首府普里什蒂纳、普里兹伦、
武契特恩、格尼拉内、贾科维察和佩奇。
他很清楚,上司可能会不耐烦,
把他恢复的又再删掉,说不定
连普里兹伦也删掉,只剩下
"科索沃首府普里什蒂纳等城镇",
或更干脆一点,简略为科索沃
——科索沃谁都知道。

1999

朱 伯 添 辞 职

我把辞职信轻轻放进
那婊子的信箱——我花了三分钟
才找到它,找到她的名字:
柳依岸。同事张美欣
看到我在信箱前找来找去,
逗我说:"你的名字被撕了吧!"
她以为我在找自己——没错,
我是在找回我自己,没错,
从这一刻起,我的名字被撕了:
明晚,或别的什么时候,
它将换上另一个人的名字,
而我希望它长期悬空——
让那婊子永远请不到
合适的人选。

我向张美欣眨了眨眼,
打了个 OK 的手势
——她当然不知道这是告别,

刘淑仪也不知道,还有
兼职的吴先生——他经常
小心向我求教,而我总是
记不住他的名字。我心里说:
你以后去找那婊子求教吧,
咱们再见!我知道
你会想念我,当一个
复杂的英文长句把你难倒。
再见,婊子!
再见,时报!
再见,十年!

我叫朱伯添,人家叫我添哥,
十年前进时报,做新闻翻译员:
我喜欢这份工作,这个机构;
最初我甚至想过,这一生可以
在一个公司做一份工作,
尽管我这样想的时候,着实
把自己吓了一跳,
就像我现在突然辞职
一定会把当初进时报的朱伯添
吓了一跳;更把我吓了一跳的是,
当我像平时下班那样离开公司,

来到尖沙咀海旁,领受
这柔美的夜风,我暗叫:
你早就该辞职,蠢货!

这十年间,我愉快了三年,
无所谓了五年,最后两年
说出来你不信——用来策划
辞职!为了叫柳依岸
垂下她的枝叶,满身枯槁。
这两年我没有更愉快或不愉快,
却更无所谓,她的任何手段
都被我接纳,都是要用来
打击她:她的任何手段
都成了我更强大的手段。
她给我的任何困难,我都
怀着窃喜接受,为了全部归还
给她:给她难受!而我品尝
她以为给我制造的痛苦。

在柔美的夜风中,可以说,
我的身体也很柔,也很美:
毕竟这是个自由的身体,
几乎要伸入维多利亚港的辽阔。

周围的情侣、散步者、游客,
我敢肯定,都不如我这么自由:
他们都像我在此之前一样,
为了为自己而活而为别人而活,
结果是白活;他们来到这儿,
带来头,带来脸,但不敢把灵魂
也带来,或假装忘了带来;
他们来到这里,只会增强
工作与生活的对比,前者沉闷,
后者更沉闷,他们管它叫无奈。

1999

诗神放弃一个诗人

因为你年轻时热爱写诗,
坚信你可以写得越来越好,
直到最后,永远保持
清晰的目标,并且确实
表现出这样的勇气,
所以我赋予你的灵魂
一种相称的亮度,
并且守护它。

后来你抱怨不受重视,
生活越来越不如意,
尤其是压力大,你说,
你一个人要当几个人用,
所有的理想全都要赔钱,
而我不负责你的肉体,
只照看你的灵魂,
并赋予它相称的亮度。

现在你额头无光,
你的灵魂已经出窍,
你也不在乎最初的愿望:
那就去吧,既然你的躯壳
摆在哪里都一样,又何必
硬把它塞在生活的借口里!
把这个借口也剥掉吧,
既然它终将溃烂。

1999

一个民族的灵魂现在离我更近

今天我好像第一次醒来,
街上的报摊遍布他的照片:
一个民族的灵魂现在离我更近,
我俯身探向他的眼睛,那两柱火燃烧得更旺!
我密封的身体突然破裂,哦父兄,
今天我好像第一次看见。

我把这闪电的感觉接上母语,
把神秘的鲜花紧贴祖国这只耳朵,
我久藏的激情直奔太平洋的歌喉,
因为一个民族的灵魂现在离我更近,
一条闪电的导火绳终于被释放,
把我们久已锈蚀的神经接上。

他曾把太阳的头按下去,
他曾让一千年也扭过脸来看,
他曾刺激了一个傲慢的诗人
逼他把小老虎般的能量投入一个句子,

现在他和他交换了自由的浪潮,
现在他们的灵魂都离我更近。

今天,我投入到街上的人群里,
血脉里有同胞的声音在颤动,
逼我把心跳交出来,心跳!
交给那张浮肿的面孔,那个稚气的笑容,
因为一个民族的灵魂现在离我更近,
好像我们刚走出同一座森林。

1999

祖母的墓志铭

这里安葬着彭相治,
她生于你们不会知道的山顶,
嫁到你们不会知道的晏田,
丈夫娶了她就离开她,
去了你们都知道的南洋;
五十年代她去了香港,
但没有去南洋,因为
丈夫在那里已儿孙成群。

她有两个领养的儿子,
长子黄定富,次子黄定宝,
大媳妇杜秀英、二媳妇赖淑贞,
秀英生女黄雪莲、黄雪霞、
男黄灿然、女黄满霞,
淑贞生女黄丽华、黄香华、
男黄胜利、女黄满华。

七十年代她把儿孙们

相继接到香港跟她团聚，
九十年代只身回到晏田终老，
儿孙们为她做了隆重的法事，
二〇〇〇年遗骨迁到这里，
你们看到了，在这美丽的
泉州皇迹山华侨墓园。

世上幸福的人们，
如果你们路过这里，
　　请留一留步，
注意一下她的姓名，
如果你们还有兴致
读她这段简朴的生平，
　　请为她叹息：

她从未碰触过幸福。

2000

陆　阿　比

你可认识陆阿比,
他就住在你隔壁,
每天他经过你家门口,
每天两次,像巡逻。

但他可不是护卫员,
他有更重要的事情做,
他在筲箕湾开了个铺头
卖杂货,也卖炸春卷。

他在乡下有个老婆,
在香港还有个姘头,
不是他对女人特别感兴趣,
而是,他说,"环境所逼"。

每年像今年,初夏特别闷,
陆阿比总要到深圳去滚,
不是他对女人特别感兴趣,而是,

他对伙计解释,"性之所致"。

他不抽烟,也不喝酒,
对赌马打麻将也不感兴趣,
有时候他觉得人生太悠久,
有时候又觉得活着充满意义。

他很早就开铺,很晚才收,
每天两次,经过你家门口:
第一次你们还没起床,
第二次你们已经上床。

2000

孤　　独

两个一年不见的朋友，
坐在屋里闲聊，秋老虎的天气
闯入屋里，做客人的那位
提议到江边散步。江边的树叶
纹丝不动，他们在一张桌子前坐下。
他们不谈天气，也没有继续
刚才的话题，他们把这些都忘了——
背对宽阔而浑浊的江水，
他们忘我地谈起孤独。

2000

他想跟她说

五年了,当我可以
坐下来细细回忆你的时候
我已经很平静,
好像未曾认识你。
失去你,使我得到很多,
我反而害怕失去
　　我所得到的东西。

2000

司汤达致妹妹

（马赛，1805）

我明白你有很多忧烦，
这是一种考验，你要忍住。
只要有点感觉，谁不
希望获得比他们拥有的
更美好的人生？否则，
一味想着不快乐，就会
慢慢陷于不快乐；退一步，
如果你能作最坏的打算，
也可以使自己感到心宽。

一踏入社会，你将惊讶于
普遍的互不理睬，惊讶于
人类怎样封闭于自我主义。
不要说遇不到一个完整的灵魂，
就连有点感觉的也难找。
巴黎，那个大城市，也凑不足
三十个有真知灼见的人

——好在有观赏不尽的艺术,
使你不至于太难受。

但不要忘记,哪怕是最败坏者,
当他创造艺术品,也会把它描绘成
最有美德和感觉的东西,结果
给纯洁的灵魂带来混乱:他们
总把那个隐去真相的世界
理解成世界本身。这也是我
克服不了的最大过错,我想
你也有同样的缺点,因为
我们的灵魂是如此相像。

2000

政　　客

在没人在乎的电视上,
他满不在乎地宣讲,
反正他清楚,哪怕他认真
观众也知道他不可相信。

当他说公正,那是要你
恭恭敬敬;当他说民主,
你也可以把它听成民族;
当他说自由,那是为了

方便你去引申;他强调
他关心你的疾苦,但你
最好不要生病;他呼吁,

他发誓,他要求,他号召,
他甚至当场昏倒,为了
你怀疑他不可靠。

2000

更幸福的笑容

这些美好的人都已逝去,
远在我穿起第一双鞋之前:
这位是我心仪的大师,
远在他的脸变成地图之前;

这位是他的朋友,消瘦
如一根竹竿,多么像我;
他们经历了战争和流亡,
那是说他们再不会上当;

这位是他们的共同朋友,
在他们之间,她的笑容
在早春阳光下显得害羞,
应允着更幸福的笑容

——我不禁顺着那方向
看究竟是什么在召唤。

2000

致一位英语诗人

一个批评家说,批评家们都同意
你很有独创性,但不成熟;
另一个批评家应和,你确实有才气,
早期的作品还经常被引述,

只是中期太轻松,略嫌"喧闹",
有明显的晦涩;近期技巧稳定,
力度强,好像你从来不会生病,
不过缺乏微妙、深度和"繁茂";

周围的朋友也说,朋友们都相信
你太现实,还掺杂了马克思主义,
不过这要用细读法,还要很谨慎。

作为读者我实在太喜欢你,
我打赌你是一个一流诗人,
只不过活在一个二流时代。

2000

给这个时代的打油诗

只要你主观,你就不会乐观,
只要你客观,你就肯定悲观,
在这个时代,这个时代。

如果你不读书,最终肯定输,
如果你要赢,千万不要读书,
在这个时代,这个时代。

你爱一个人,那个人爱别人,
你只好爱自己,你自己不爱你,
在这个时代,这个时代。

看报纸不如看杂志,看杂志
不如看电视,看电视不如看报纸,
在这个时代,这个时代。

在香港不如在台湾,在台湾
不如在大陆,在大陆不如在香港,

在这个时代,这个时代。

2000

给青年奥登的信

原谅我,先生,喝了半杯红酒
就给你写信,按照我们的习惯
我应该吃个豹子胆,再掂量它三天。
不过,也是按照我们的习惯,
论辈分我比你多了八岁,再加上
如今五年就是一代,三年
就有个流派,我就将就将就——

跟你套近乎!且说我在读
你的传记,汉弗莱·卡彭特
写的那本——你先别皱眉,
我跟你一样讨厌传记,并且
跟你一边表示不屑一边照读不误
不一样,我比你更守信,
到目前只看过两本。

看在你分上,这是第三本!
你的成长对我的冲击(你折起

未来的地图脸,我知道)——
按下不表。且说我眼看你横渡印度洋
直奔香港,竟猝不及防,就像
你的伙伴伊舍伍德,在回忆你们
刚到广州英国领事馆,喝起第一杯茶

就遇到空袭的时候说"那个瞬间,
我突然来到中国!"我也一样
吓了一跳:"你突然来到香港!"
我不自觉地往自身一看,考虑
用现在式还是过去式接待你,
而我决定来个兼收并蓄,既然
我们已在"时代错置"中相遇。

比你看不起香港的英国居民
还糟,我甚至连提起劲来看不起
中国的香港居民或香港的中国居民
也欠缺,而只看到你看到的
"头面人物聪明而机敏,
西装裁剪合身,穿的也得体"
和看到你看不到的会议展览中心

飘扬的红旗……啊,对不起!

我这首诗竟折在红旗下:
我确实有点不知道天高地厚,
在你等大师压力下没写过几首
像样的诗,竟然敢来跟你
切磋技艺。活该(好在!)
我没写下去,后来又好在

(活该!)它消失在电脑空间里
再也找不回来,直到前几天翻查
一些早忘记的旧作,在邻居送我的
一台戴尔电脑的强大功能支援下
搜寻呀搜寻,无意中发现它!
除了上面那几节,还有一些
零散笔记和片言只语,看来

我似乎是准备写这个时代
——好吧,那个时代——
及其败坏,似乎还打算讽刺文坛,
因为我看到"诗人之于文人,
就像文人之于文盲",是想
抬高诗人,还是贬低他们,
我也搞不清楚!但是,像

"先锋诗人都去做落后商人"
倒是明明白白,至于"下半身、
下半篇、下半首、下半句"
简直不知所谓,"智力受挑战者
(不喜欢布罗茨基)"显然是想说
别人没脑,可到底是谁,我也
莫名其妙!我还看到"泉州,

一流古城沦为三流乡镇",还有
"保守或超前,不汤不水",我不知道
为什么要拿故乡开刀,它早就无药可救;
"小聪明人写给小聪明人看,
然后嫌彼此不够聪明",拜托,
这是你的高见,还是我的浅识?
"我算得上非常宽容,除了讨厌日本

和干净得染上言论免疫力的新加坡"
这是说我原谅了香港,
还是刚好相反,来个一石四鸟?
"你不怕死,自知是个人物",没错!
本来,我还应该趁机谈谈自己怎样
慢慢爱上香港,然后被迫"经济流亡"
到了深圳,暂避于洞背村。但是,

去吧!祝你一帆风顺,你将
前程广大,一些伟人将倒下,
而你将顶上;明年叶芝逝世,
你将悲喜交集,接着弗洛伊德
也得去见父母,你将坐着发愣;
后年俄罗斯会有一个孩子出生
并将在你进入孤独期的日子里

爱上你的诗,然后在你的地图
就快合上时跟你见面;再过几年
西印度群岛也会有一个混种少年
迷上你的机智,并将在你进入
更孤独的晚年时,在某个场合,
在电梯口跟你说声"感谢你的诗"
而你和气地答一句"不客气"。

2000—2016

流动的鲜花

每天我们看她们流动，
这些城市里的鲜花，在街道上，
在购物商场和地铁自动电梯上，
在巴士和麦当劳窗口，
在住宅区附近的菜市场，
她们年龄大约在十五至二十三之间，
成长于普通或贫穷家庭，
花几个月积累买几套漂亮衣服，
悉心打扮她们饱和的青春，
她们流动，但几乎孑然一身，
摆脱父母、老师和同事的烦闷，
袒露性感的手臂、肩膀，
小腿、大腿以至肚脐，悦人耳目——
如果你在窒息的空气中突然感到一阵清新，
那多半是她们存在的缘故，
而她们对她们赋予这城市活力
一无所知，而是专注于一些小目标，
例如去买一对鞋，去见一位旧同学，

去交电话费,去银行存几百块钱,
去理发,去图书馆借一本流行小说,
你多看她们一眼,她们以为你好色,
你多看她们一会儿,她们以为自己有缺陷,
她们体内充满爱情和幸福生活的能量,
并使劲压抑它们,熄灭它们,
直到她们抵达八年的边界或越了境,
身材、皮肤和神情开始发生变化,
开始用口红、眼睑膏、拔毛钳,
开始跟男朋友约会、看电影、逛公园,
结婚、生孩子,周末跟家公家婆上酒楼,
渐渐成为新一代鲜花的陪衬,
渐渐成为烦闷和窒息的一部分,
爱情成为泡影,幸福寄托在儿女身上,
穿着睡衣裤躺在床上,
也许就在你枕边。

2001

相　　信

他们是朋友,或他这么相信,
　　她也这么想。
所以,那天下午,当他们
相约在海边一家餐厅吃饭
并在饭后到海边散步的时候
　　他们并没有意识到
那里是情侣们散步的地方,
直到一个卖花的女人出现
在他们面前,并坚持要他
　　买一束白玫瑰。
他不好意思地买下,而她
也不好意思地收下,并想:
"如果这是他主动的……"
　　他也想:
"其实啊,我愿把这颗心
　　也献上。"
他们肩并肩走着,
　　相信各自相信的,

直到互相失去联系……

2001

亲密的时刻

　　当我赶到将军澳医院,
在矫形与创伤科病房见到父亲,
他已躺在床上输葡萄糖液,
受伤的右手搁在胸前,包着白纱布;
母亲悄悄告诉我,父亲流泪,
坚持不做手术,要我劝劝他。
　　我只劝他两句,父亲
便签字同意了,比预料中顺利,
就像这医院、这病房比预料中
整洁和安静,周围都是翠绿的山,
护士小姐天使般友善——没错,
这里像天堂,或世外桃源。
　　手术后我喂父亲吃饭,
这是我们一生中最亲密的时刻:
由于我出生后,父亲就长期在外工作,
当我们一家团聚,我已经长大,
所以我们一直很少说话;
当我成家立室,搬出来住,

我跟父亲的关系又再生疏,
每逢我打电话回家,若是他来接
他会像一个接线员,说声"等等"
便叫母亲来听,尽管我知道
我们彼此都怀着难言的爱。

  而这是神奇的时刻,父亲啊,
我要赞美上帝,赞美世界:
你频频喝水,频频小便,我替你
解开内裤,为你衰老而柔软的阴茎
安放尿壶——你终于在虚弱和害羞中
把我生命的根敞开给我看:
想当年你第一次见到我的小鸟
也一定像我这般惊奇。

2001

巴 士 站

他们谁也不会知道
这里属于一个女人，
他们背着它，毫无感觉，
就像它毫无感觉对着他们。

当年他每天来这里送我，
我们的身体在这里碰触，
也碰触这里的广告板、电灯柱，
我们甚至在车门前拥吻

背着各自的父母，后来，后来
背着他妻子，而我只对着他，
我只有他，后来他又背着我——
我就知道会有这样的结果。

也许我不是这里唯一的，
就像我不是他唯一的，
但它依旧是我的一部分，

虽然我对他已毫无感觉。

2001

鸟粪的痕迹

这棵树似乎有话说,
当我远远看见它,
在一个冬天的下午,
叶子落尽,枝桠展开,
与公园里的树木
隔着一条马路。

它光秃秃,是想告诉我
它孤零零吗?当我走近,
站在树下,它严肃起来
把最后一片叶子落在我左肩,
又在我意识到的时候
飘到我脚边。

树下满地一圈灰白,
看得出是鸟粪的痕迹,
也许这就是它的意思:
雨水洗不去,足履踩不掉——

那么再见吧,如果
你没有别的秘密。

我的话还没出口,脑中
便掠过夏天傍晚的景象:
落日把余晖抹在树梢,
云彩在天边快速地聚散,
鸟声密集,雨声般
在繁枝茂叶里喧嚣。

2001

白　　诚

大学时代的同班同学,很多
我都已忘记他们的姓名,
也很少想起他们,除了白诚:
他是我们班上唯一的教徒,
一个弱不禁风的基督教徒,
永远穿着一件深蓝色中山装
和一件贴身的白衬衣,白领
把他的深蓝色中山装衬得更深蓝,
把他苍白的脸衬得更苍白;
他有一对又黑又圆的大眼睛,
含着畏惧,仿佛他小时候
见过一个令他惊恐的场面,
这惊恐从此凝固了。
而我要说的,是另一个场面:
有一天上午,班上举行演讲比赛,
大概有五个人参加,包括我,
我还得了一个二等或三等奖;
当班主任准备宣布比赛结束的时候,

白诚站起来,走上讲台,
我们先是一愣,接着
便悄声议论起来;白诚
腼腆地张开口,但我们听不到声音,
他的嘴巴拼凑了一分钟,
才在他那只宣誓般
抬起的右手的鼓舞下
艰难地形成几个字,
"我们——应该——追求
——自由,关心——苦难。"
我们又是一愣,接着
哄堂大笑,我尤其
笑得比谁都响亮
(想起来是多么羞惭),
并恶作剧地鼓掌
(愿上帝宽恕我),
大家也跟着鼓掌,白诚
在笑声和掌声中走回座位……
这些年来,我总是想起
他那没有声音的口,
他那拼凑了一分钟的嘴巴,
他那宣誓般抬起的右手,
还有那艰难地形成的几个字!

2002

半斤雨水

近来我频频跟雨遭遇,
好像它不知怎的要来改变我。
今天我上山,又碰到它,
当我走进一个密林遮蔽处,
突然一阵喧哗,
远远看见一片蒙蒙雨
像晨雾穿过树林
徐缓而至,下雨的范围
只有半个篮球场那么大,
当它逼到我面前,
我本能地往路边侧了侧身
让它过去,一滴也没沾;
接着又是一阵喧哗,
又有一阵蒙蒙雨
徐缓而至,像一位
跟在姐姐背后的
美丽而温顺的妹妹。
我来了灵感,改变主意,

我想既然我有这个缘分
要一而再地跟雨遭遇,
既然它不知怎的
好像要来改变我,
我就索性让它
淋个够,跟它
融为一体吧,这念头
刚萌生,我已
上前将它拦住——
我没有拦住它,
它穿过我,像穿过一棵树,
在我身上留下约莫
半斤雨水,刚好足够
将我湿透。

2002

在候诊室

在病人中间,他应该感到安全,
毕竟他跟他们不一样,虽然是个杂工
但每天准时上班,准时下班,
而他们每天不是头痛
就是感冒,或者喉咙发炎。

他知道他们哪个失业,
哪个守寡,哪个在乡下买屋,
哪个十年如一日总是干咳,
三两天来一次,仿佛
不生病就活不下去。

有一次他弯身跟我谈论阳光!
——是不是我手里拿着一本书,
他相信我更能理解他的感受?
早上出门,他沿途吸取阳光的"营养",
放假就去登山,或去海滩游泳;

他"浸"在"大量的"阳光里,
阳光有时候很"磅礴",
"风中的阳光"特别好,
初夏的阳光"有换季的味道",
"晒阳光就像吃鲜果"。

——是不是我手里拿着一本书,
他相信我更能理解他的感受?
或者他年积月累,已经独具慧眼,
看出整个候诊室一片愁云惨雾,
就我耳垂下的伤口特别明亮?

2002

世界令我惊叹的时刻

世界令我惊叹的时刻,
不是当我上山呼吸新鲜空气,
眺望远处郁郁葱葱的树林,
迎接早晨的第一线阳光,
沐浴在初夏的凉风里;

也不是当我外出旅行,
在一尘不染的酒店里睡懒觉,
不思考,不读书,不做任何事情,
或去探访一位多年不见的朋友,
在他宽敞的客厅里叙旧;

也不是当我在大海里游泳,
舌尖含着咸味,一头
扎进浑浊的深处,然后冒出来
眼前浮现大海的壮阔,
耳旁传来孩子们的叫喊;

也不是当我在公司上班,
解决一个难题,译到一篇好报道,
看到国际局势按我的预料发展,
或收到一位女读者热情的来信,
信中暗示她有花容月貌;

也不是当我在家中写作,
耐心修改一个句子、押一个韵,
隔一会儿就离开书桌,
泡茶、弄咖啡或洗个热水脸,
喜悦于灵感的丰沛和顺畅;

而是当我像现在这样,
动了小手术,每天早晨
必须到医院洗伤口,纠正了
原来日夜颠倒的作息习惯,
得以看到人们怎样正常地生活:

人们是怎样正常地生活啊!
我从电车上看他们赶着上班,
在阳光下迈着矫健的步伐,
男男女女,接踵摩肩,
朝着各自的方向;

透过整齐的衣服,他们的身体
焕发蓬勃的生机,勇敢而坚决,
不像我,我这么脆弱,
像一片飘到人行道上的落叶,
被他们毫不犹豫地踩在脚底。

2002

毕架山道晨运贴士

尽可能跟其他步行者
说声"早上好",尤其是
迎面走来的人,这有利于
舒畅心胸,是运动的一部分;
还有,尽量微笑;但要小心
观察人们的表情,有几个
看上去是孤独症
或抑郁症患者,印堂无光,
双眉紧锁,脸色发青,
有男有女,他们通常
会避开你友好的目光,
如果你跟他们打招呼,
他们会不自在,他们
勉强的回答声里
有被冒犯的感觉;
一路上的安静和单调
会使你有足够注意力
观察人们的各种特征,

粗腿,肥耳,杏仁眼,
蜂腰,兔唇,鹰钩鼻;
这几天我遇到一个女人,
总是我到山下时
她才上来,她特别之处
是嘴巴呈倒 U 形,
换在另一张脸上,
肯定很难看,但是
在她挺美的面貌上
却很有吸引力:它永远
闭着,诱使你想象
如果它张开
会是什么样。

2002

但今夜你将失眠
——给谢萃仪

当我们的小汽车一路穿乡过镇,
继而翻山越岭,终于抵达
茂林下那幢农家旅舍,黄昏已经降临;
好像是出于仁慈,最后一抹霞光
多停留了一会儿,让我们看清远山的轮廓
和房子周围的树木,作为今天的纪念;明天
我们将迎着晨光,在微风中步行两个小时,
其间两次被几条看家狗挡住;
你将泡咖啡,把藤椅移到屋外,
并突然来了兴致,修理好那两个破旧的大喇叭,
让整幢房子回荡巴赫多色彩的协奏曲;
接近中午时分,我们将收拾行李,
再次翻山越岭,穿乡过镇,回到市中心,
我将发现有几位朋友在等待我;
再过两天,我将在一位朋友的阳台上
巧遇今年第一阵秋风;
再过几天,这幢房子,

这高大而宽敞的客厅，
这从客厅地板下穿过的潺潺流水，
这不时被流水声淹没的蝉鸣，
将成为幽深的记忆,也许将使我缅怀好几年
——但今夜,在吃了简单的农家饭,
读了杜尚,听了古尔德,看了星星,
谈了你的梦想之后,也许是由于秋天
提早来到这里,凉意驱散睡意,
也许是由于这里太偏僻了,
安静得使灵魂产生了警惕,
也许如你所说,是窗帘下
流水声过于喧哗：你将失眠,
感到整幢房子在呼吸,
而我将三次醒来,三次
看到同样无边的黑暗。

2002

爱上巴赫那天

那天可能是盛夏的顶点,
因为接下来,日子便渐渐轻松。
大地酷热,连太阳也躲进云缝里。
城市酷热,连郊区也像火炉的边缘;
树林下垂,变成涂在风景上的一层绿油漆。
山中房子枯黄,港湾里游艇发白,
双层巴士悄悄驶上高速公路;
一架直升机在大海上空盘旋,
仿佛飞行员在打瞌睡;更高处
一只海鸥悬着,耐心地守望暴风雨。
高楼群中,鸟声消失,只剩下
城市深处传来的微弱呻吟。
窗台上,蚂蚁麇集成一块污斑。
天边吐出一团乌云,像伸长舌头
要把对岸墨绿色的山峰舔走。
那天可能是盛夏的顶点,
我的耳朵向日葵般张开。

2002

微薄的温暖

像阳光,它不像风
遇到什么都要碰它一碰,
试图动摇它,改变它,
甚至揭开被覆盖的东西,
钻进山洞、墙缝、被窝,
而只是照耀它可以照耀的
和愿意被它照耀的,
不多不少,不深不浅,
云来干扰,它让它干扰
而不被干扰;人们拉上窗帘
遮挡,它就止于照耀窗帘——
我也来到这样的境界,
不探究,不寻求,不争辩,
不是因为我已知道
被覆盖的是什么,
而是因为我知道
当我揭开它,我不会
知道得更多;不同的是

我这微薄的温暖,也许
只能——却能!——传递给
两三个灵魂。

         2003

美丽的瞬间

醒来听见世界轻响的那一刻，
入睡前迷迷糊糊跟灵魂低语的那一刻，
上邮局路过面包店闻到蒜蓉味的那一刻，
回途中在水果摊前站了站
手拿一个红苹果或鲜橙嗅了嗅的那一刻，
从附近新开张的餐馆出来
偶然抬头望见高楼上自己家的窗口
和窗下悄悄晃荡的枣红色衬衫的那一刻，
在非繁忙时间走进银行或超级市场
感到别人工作如此悠闲
于是自己也慢慢地悠闲起来的那一刻，
等待过马路时看见一辆敞开着所有窗口的绿色电车
从近处驶来、擦身而过、朝远方驶去的那一刻，
上班途中在巴士上想起家中的小书房
看见自己伏案写作的背影的那一刻，
从山上下来迈着流畅的步伐
走在天桥上和人行道上
身上还回荡着鸟鸣、保留着阳光和残存着树荫

并感到周围那些不知道如何发掘生活乐趣的人用羡慕的眼光望着自己的那一刻。

2003

斜 阳 下

—— 给多多

十二月初,山上树木依然青翠,
一株株在冷风里显得格外坚实和清晰,
偶尔有工人在打扫落叶,更多是落花,
而更高处,繁花在茂叶上簇簇开放,恍若
缤纷而无声的爆竹;下午正徐徐移向黄昏,
浓荫和浓绿重叠,变成斜阳铺展而下的
宽阔缎面的皱褶;众鸟的合唱降为低语,
低语渐渐消失,细枝瑟瑟抖动,
一阵鹰叫撕裂高空的寂静,在山谷里
引起小小的回荡,干扰、几乎加剧了
大地的呼吸;远方汽笛鸣响,看不见的客轮
驶入看不见的港湾,而附近山坡上,阳光的缎面
慢慢地收拢,皱褶加深,一条杂草遮掩的小径
朝着山巅盘绕而去……
　　　　　　我想起你,
不是因为我们已整整五年没见面,
一个多月没通电话——那些热烈而清醒的长谈,

你在夜幕下,我在晨曦里——也不是因为
这几天朋友们来来去去,总有人
提及你的名字,而是因为刚才
我在山路上遇到一个人,他的背影
酷似你,特别是他那头白发,
他那副倔强而微弯的肩膀。

2003

我 的 灵 魂

多年前,我曾在诗中说
我的灵魂太纯净,站在高处,
使我失去栖身之所,
几乎走上绝路。

多年后,当我偶尔碰上
那旧作,我惊讶于那语气,
它使我感到有些羞惭,
它竟如此地自以为是。

如今回想,我仍惊讶于
那语气,但更惊讶的是,
我看见我那灵魂,依然站在高处,

依然纯净,即便做了丈夫
和父亲已有十六年,这灵魂
还跟原初一样,丝毫无损。

2004

致 大 海

别的时候,
无论我闲坐沙滩
或下水游泳,眺望天际
或回看群山,你都只是一个去处,
一个遥远的地方,遥远的领域,
地球遥远的部分,只有当我难以入眠,
回忆一张可爱的脸,或一位早逝的
朋友的身影,或想起家庭的危机,
父母的寂寞,坚持理想的困难
和由此而来的孤独感,大海,你的形象
才完整地展现在我脑中,一个世界,
如此缓慢,如此沉默,如此靠近,
就在我枕边,我一翻身就能进去,
一侧耳就能倾听,一种神秘,
深不可测而表面平静,但运动着,
作用着,呼吸着,延伸着,
我甚至一闭眼就看见自己在山上,
就像此刻我在这山上,解除了

重负和烦恼,忘记了忧虑,
灵魂与视点合一,眺望水平线上
一条孤独作业的渔船,一片波光,
和波光里先是浸染于你
继而冉冉脱离你的
一轮红日。

2004

习　　惯

以前坐巴士上班，
我总是埋头看书，
有时候坐过了站，
这才抬头四顾。

后来一会儿看书
一会儿望出窗外，
有时候不知该看书
还是该望出窗外。

再后来没兴趣看书，
窗外的街景和行人，
涌进车里的声浪，
都更使我入迷。

如今我依然保持
不看书的习惯,但目光
渐渐越过高楼群，

投向远山和白云。

2004

秋 日 怀 友

偶尔翻开一本旧杂志,
重温你十几年前的诗,那节奏
如此紧迫和熟悉,使我产生
是我自己的声音的幻觉。
你四楼天台上的小屋,
周围繁茂的盆栽,那张
我爱坐的破藤椅,秋天的斜阳,
你生辉的形象,一一浮现。
  多少年了,
我们彼此疏远,我至今找不出
裂痕在哪里,就像有一天
发现巷口一棵树消失了,而事实上
它已消失好一段时间,以至于
细节无从追寻。但对于我,
这永远是一场珍贵的友谊,
珍贵,因为它不发展了,竖立着,
成为我生命的一个标记,并使我理解
此刻我的感受和缅怀有多深。如果

艺术不朽,不在于它耀眼,
而在于它触动一颗心灵
而不为它的创造者所知,那么
此刻你就是这样一位寂寞者,
而我是真正明白你的人,即便
我不能抵达你的居所,
不能轻轻敲响你的门。

2004

看 海 的 人

如果你傍晚乘电车,经过
北角英皇道,如果电车刚好
在新都城前遇到红灯停下,
你朝窗下俯望时,也许目光
刚好会落在一个男人的背影上,
他正从侧门走进新都城,
他一家五口住在十三楼。

那是个三房一厅的单元,
他包租,两间房分租给别人,
另一间做他和妻子、儿子、
女儿的睡房,他母亲则凑合着
睡在一个从大厅分隔出来的
狭窄而阴暗的小间里,小间旁
供奉着关帝爷和土地公神龛。

他是一家小贸易公司的会计,
在天后庙街上班,他妻子

在筲箕湾一家时装店当售货员，
每天下午六点赶回家做饭，
菜已由他母亲买好，他母亲
还负责送他九岁的女儿上学，
他儿子已在念中学，十五岁。

十五分钟后他换上拖鞋
和一套运动服，出现在码头，
像往常一样，他会在这里
徘徊一个小时，主要是看海，
这是他在工作和家庭以外
唯一真正属于自己的闲暇
和休息：一个小时之后

他将回家吃饭，监督孩子
温习功课，在电视的噪音中
当儿女、婆媳争吵的调解员
和裁判员，或加入纠纷，然后
等待进入三家共用的厕所洗澡，
然后睡觉：不算休息，主要
是为了让身体明天可以上班。

2004

患　　难

我的城市,今早我在山上,
像往常一样回望你,像往常一样
你笼罩在尘雾里,但此刻
我才看见了你真实的形象:
你轮廓模糊,与灰色云团浑成一体,
只有高楼窗口里稀疏的灯火
勉强描出一幢幢笨重的影子,
使你显得那么无助,近乎悲壮;
我突然对你产生一种深情,
一种爱,不是怜悯,不是理解,
而是正面的撞击:当太阳撕裂云团,
穿透尘雾,向你输送强光,
我突然感到我一直和你,
并将继续和你患难与共。

2004

忍　　受

她暗示喜欢他暗示了五年,
但他一直拿不定主意,
终于,他娶了另一个女人,
在接下来的二十年
他后悔并怀念她,
终于,他离了婚。

而她嫁人,享受了五年
快乐的婚姻生活,接下来
一切如她早听说过的
沉闷乏味、灰心绝望,
和丈夫先是频频吵架
继而干脆二话不说。

在他们都离婚好多年后,
他们重逢,生活在一起,
他们永远忘不了那个夏夜,
他吐露了二十多年的心事,

她谅解他并依然爱他,
他们紧紧地抱在一起。

又十年过去了,重逢时
他们曾庆幸都没有孩子,
但他们也不敢再有孩子,
现在他们过着平静
也开始沉闷乏味
但不至于灰心绝望

即使沉闷乏味灰心绝望
也必须忍受下去的生活:
他们先是习惯性地手挽手
继而渐渐需要互相扶持
散步、上茶楼、去菜市场,
晚饭后坐在旧沙发上,

拿着遥控器,默默看电视。

2004

脸

我见过千百张脸,
痛苦或快乐,美丽或哀愁——
有时候只有半个或半边,
另一半是愤怒和控诉。

2005

雄 狮 入 笼

十二月入夜的城市,作客于
远眺海港的新公寓楼里,
过早白了头发的诗人
   正缓缓地
讲述他多灾多难的身世。
他的倔强和他的形象
仿佛一头雄狮;他的痛苦
甚至不为他的文字所知,
也不为他的墨水所晓;
唯有温柔的灯光
映出他眼角的苍凉。
他依然感谢上天
终于赋予他智慧,
使他变得宽容和平静。
  可在那黯淡的角落里,
诗神悄悄叹息:她看见雄狮入笼,
知道这智慧不是为了
让诗人活得更舒坦,而是为了

使他接受前面更大的灾难
和更深的痛苦。

        2005

在 黎 明 中

我今年四十岁,一事无成;
结过两次婚,有两个孩子,
一男一女,都健康、漂亮,
他们分别跟了我两个前妻——
我甚至付不起赡养费。

这两年我又有过两个女人,
也都相爱然后分手,她们
像我两个前妻,精力旺盛,
总有忙不完的事情,还得容忍
我整天懒散散,一事无成。

说来惭愧,虽然自己也讲不清楚
但我始终怀着美好又善良的愿望,
尤其喜欢在晚秋或早春,或任何时候
拉一张旧藤椅,坐在阳台上
不知不觉地消磨一个下午。

我勉强维持不算艰难的生活,
脆弱、消极,又惬意、清闲;
世界这么复杂,这么多苦难,
如果这是一个深渊,我得说
我要庆幸自己还只在边缘上。

我做过电梯维修员、搬运工、
包装工、校对、司机、水手,
都不长久、不热衷也不厌烦,
但始终怀着美好又善良的愿望,
尽管自己也说不清究竟是什么。

也许它就是那个画面,那个
时不时浮现心头的神秘幻境:
我站在黎明中,在幽暗里,
等待着,只是等待,而我背后
一线微光慢慢描出我的轮廓。

2005

休 息 日

就像我年轻时曾有过几次
　短暂的外游,试图寻找新生活
和新机会,最后又回到原处一样,
这二十多年来我也曾短暂地
　做过几份不同的工作,最后
还是回到老本行,做西餐厅侍应,
从中午到深夜;也许这就叫命。

我算得上敬业,尽管说不上乐业——
　至少我不能埋怨,毕竟我养了
一个家,两个儿子都已成家立室,
女儿也快大学毕业,妻子总算结束
　与我无休止的争吵,如今盼着我退休
带她到处去观光,或由她带我去爬山——
她开始迷上大自然,喜欢看日出。

我没奢望观光,对爬山也不感兴趣,
　唯一的嗜好,是逢假日大睡一场;

这是真正的休息日,我能睡十二个小时,
下午才醒来,而且继续赖在床上
　聆听家中和周遭轻微的动静:
滴水声,冲厕声,楼上的拖鞋声,
窗外的鸟声,附近隐约的谈话声,

都增添了一份安宁感,我的灵魂
　和身体,我整个存在,都完全
属于我自己;常常,我想象外面
天空晴朗,斜阳照在窗台盆栽上,
　等到最后睁开眼睛,才发现
是另一个世界,一个阴沉的世界——
只要睁开眼睛,我就不再是我。

我不知道我为什么活着,但知道
　我怎样活着:漫长的工作,漫长的疲劳,
然后获得些许的休息,刚好够得上
消除疲劳。这就是我所了解的人生:
　无穷的烦恼、忧愁、痛苦、焦虑,夹着
一丝欢乐和满足,就这一丝诱饵维持我们
不至于彻底绝望,但也毫无希望。

2005

奉 献

阳光把她窗前的榛树染成褐色,
把她窗台上的枯叶染成金黄色,
窗台下,她的小书桌上,摊开着
一本原版狄金森,一本《新约》。
她刚把小房间收拾得干干净净,
　床铺整齐,被单洁白。屋外
秋天向下午倾斜,向傍晚倾斜,
空中一抹彩云,向她凝视的远方倾斜,
她的腰身向窗沿倾斜,她的心灵向内
向深处倾斜,更深处有微波闪烁……
　她的双乳正逐渐收缩,
随着秋天逐渐平伏,隐入胸中——
她已经把全部的爱奉献给基督,并继续
消耗她精神和肉体的全部能量,
只剩下爱,专一的爱,永恒的爱,
那些爱过、正爱着、将爱着她的男人
　再也得不到的爱。

2005

送妹妹去澳洲

我亲爱的妹妹,这世上
就我对你最亲最爱,因为
就我最懂得你,你有一颗
纯洁、善良又无助的心,
这么无助,近于无望——
想当年我们一块上夜校
学英文,现在我是翻译家,
而你连英文小写字母也不会看,
还要去澳洲,"去拼一拼,
闯一闯。"在十一月底
一个深夜,在空旷的机场大楼,
你有生以来第一次吻我,羞涩地,
也要我第一次给你一个吻。

  和你诸事不顺遂不一样,
我一直受到幸运之神的眷顾——
在这告别的时刻,我愿她
把她对我全部的爱护
  转移到你身上,

为你趋吉避凶,

在那异域他乡。

2005

来自黑暗

我来自黑暗、郁闷和疾病,
不是我如今享受到黎明的黑暗,
也不是到郊外散散心
就能消除的郁闷,或吃了药
休息几天就痊愈的疾病。

对生活在光明中、欢愉中
和健康中的人们,我的向往
是无保留的,我走在他们中间,
经过他们身边,坐在他们对面,
欣赏他们,内心赞美他们。

但我仍生活在阴影里,
部分是我过去的阴影,更多
是周围那些在黑暗中、郁闷中
和疾病中的人们投来的
巨大的阴影——

它时刻提醒我(我甚至
听见它低语):"你的世界
已被光明和黑暗分割,现在
你就像一棵树,虽然也仰望天空,
但永远属于大地。"

2005

奇迹集(2006—2008)

世界的光彩

有些人到处浪费生命,
他们不喜欢自己,也不知道
自己该做什么,于是做些
自己也不喜欢的事情。

他们妨碍别人,消耗别人,
并因此妨碍和消耗自己,
他们不喜欢文学、艺术
和音乐,甚至大自然。

可他们到处碰出火花,
生机勃勃:他们就是能源
所以不需要太阳;本身
就是内容,不管形式。

世界的光彩不为他们欣赏,
却由他们点燃。但他们
也没意识到这价值,依然

不喜欢且到处浪费生命。

像盛夏的太阳那样浪费,
那样没意识,那样
生机勃勃,那样光彩
而不欣赏自己。

两　种　爱

我听到两种爱的呼声。

一种是在闹市里,人群中,
每当我看到一个表情、一个动作、一个姿态,
我就听到爱的呼声:婴儿在恳求母亲的爱,
女人在恳求丈夫的爱,男孩在对女孩说
给我你的爱,我也会给你同样的爱,
小狗在向主人乞讨爱,
老人在向年轻人说给我一点点关怀,
一点点就够,像我的饮食这么少这么淡,
广告里模特儿在渴望着爱、真爱——
我听见他们说:"我需要爱。"

另一种是在郊外,在山上,
每当我看见一个表情、一个动作、一个姿态,
我就听到爱的呼声:那是当人们在树荫里,
在阳光下,在泉水边,在微风中,
当他们看见日出日落,鹰在上空盘旋,

当他们出汗、擦汗、脱外衣、脱袜子,
彼此打招呼,面对绿山坡吐气,
站在峰顶俯视城市里的高楼群,
眺望渔船出没于波光粼粼的大海——
我听见他们说:"我爱。"

来　　生

我常常想,如果有来生,
我下一辈子就不做诗人了。
我不是后悔今生做诗人。不,我做定了。
我是带着使命的,必须把它完成。
但如果有来生,如果有得选择,
我下辈子要做一个不用思考的人,
我会心诚意悦地服务人群,不用文字,
而用实际行动:一个街头补鞋匠,一个餐厅侍应,
一个替人开门提行李的酒店服务员。
我会更孝敬父母,更爱妻女,更关心朋友。
我会走更多的路,爬更多的山,养更多的狗,
把一条条街上一家家餐馆都吃遍。
我将不抽烟,不喝咖啡,早睡早起。
我可以更清贫,永远穿同一件外衣;
也可以更富裕,把钱都散给穷苦人,
自己变回清贫,永远穿同一件外衣。
　一个拥有我现在的心灵和智慧
又不用阅读思考写作的人

该有多幸福呀。我将不用赞美阳光而好好享受阳光。我将不用歌颂人而做我所歌颂的人。

既然是这样,那就是这样

现在,当我看见路边围墙上的爬藤
那么绿,那么繁,那么沉地下垂,
我就充满喜悦,赞叹这么美丽的生命,
而不再去想它的孤独,它可能的忧伤。

既然它是这样,那它就是这样。

当我看见一个店员倚在店门边发呆,
一个看门人在深夜里静悄悄看守着自己,
一个厨师在通往小巷的后门抽烟,
一个老伯拄着拐杖推开茶餐厅的玻璃门,
我就充满感觉,赞叹这么动人的生命,
而不再去想他们的痛苦,他们可能的不幸。

既然他们是这样,那他们就是这样。

日常的奇迹

当你在譬如这个巴士站遇见譬如这位少妇,
她并不特别漂亮却有非凡的吸引力,
你想爱她你想认识她你希望待会儿能跟她
同乘一辆巴士坐在她身边然后跟着她下车哪怕是
仅仅远远望着她的背影看她进入哪一幢大厦
打开哪一扇幸福的家门;或譬如这位老伯,
他脸色安详好像已看见了天堂的树冠,
他头上的羊毛帽温暖纯朴,他眼里
含着使你想做他的儿子的慈光,
他瘦弱的身体再次使你想做他的儿子
以便好好照看他用无限孝敬的语言
轻声跟他说话,扶着他回家;

啊,他们,那少妇和那老伯登上同一辆巴士,
使你失落又惆怅,同时洋溢着幸福,
当你的巴士驶上高速公路,大海耸现,阳光宁静,

你多想赞美多想感恩。你确实应该赞美
应该感恩,因为你目睹了日常的奇迹,
那是瞬间的奇迹,你随时会遇见你自己随时
也在创造的奇迹:那少妇一直是痛苦的,
她跟丈夫跟家公家婆天天吵架,跟同事合不来,
对自己感到厌恶,无穷和无端的烦恼正纠缠着她,
陷她于绝望的深渊;那老伯儿子烂赌,女婿包二奶,
老朋友和旧同事走避他,因为他又穷又不幸,
他出来是为了散散心,为了躲开老伴的唠叨;

但有那么一些瞬间,例如在大街上,
一些别的事物吸引着他们,或一阵风吹来,
或刚才在路上照了五分钟阳光,使他们身心放松,
不再想家人,不再想自己,不再想人生,
不再想账单,不再想电视连续剧,子女的学业或前途,
乡下的穷亲戚,楼上没完没了的装修,
隔壁另一对夫妇和他们的子女无日无夜的争吵,

于是像一艘饱经风吹浪打的船驶进港湾,
　　他们归于平静,找回自己的灵魂和感觉,
　　恢复了生命力,恢复了身体的光亮,并在瞬间被你看见
　　使你想赞美想感恩使你置身于生命的光亮中,就像此刻
　　你的神采正被你身边的乘客悄悄羡慕着。

炉　　火

听着:生活像一个火炉,
有些人围着它坐,享受温暖,渐渐感到疲乏,
渐渐把含糊的话留在唇边睡去。

另一些人在户外,在寒冷中,
他们甚至不用走近炉火,哪怕只远远地
看见火光,已感到一股温暖流遍全身。

光

那是初夏的傍晚,太阳已经落山,
但光还非常充沛,在辽阔的空中运动着,
我正在去将军澳的途中,小巴飞驰着,
小巴深陷的座位给我一个倾斜的角度,
我视野掠过一群群高楼,远的,近的,
在光的催化下高耸着,神圣、肃穆,
统统向天上望去,好像已忘了人间,
一种伟大的存在,倾听更高的召唤;
小巴飞驰着,电线杆向天上望去,
树木、铁丝网、围墙向天上望去,
一片片绿色向天上望去——
像一个合唱团,合唱着一支听不见的浩瀚赞歌。
窗外汽车流动,道旁有人站着或走着,
篮球场有人在奔跑,但都不是作为人,
不是作为痛苦、忧烦、爱和恨的人,
而是在光的催化下,融入这大合唱,
像低音乐器轻奏着或被轻奏着……
我已懒得去描述我作为人的那部分活动——
我的灵魂倾听那大合唱,至今没有回来。

天堂、人间、地狱

你身上有天堂,但你看不见因为你以为它在别处,

你身上有人间,但你也看不见因为你只感到自己在地狱,

所以你身上全是地狱但你以为这就是人间人间就是这样。

我也曾像你一样是地狱人,但后来像移民那样,变成人间人,

再后来变成天堂人但为了一个使命而长驻人间,

偶尔我也回地狱,像回故乡。

母 子 图

在上班的巴士上,前面右边第一排
坐着一个高大、健康、英俊的少年,
他身边坐着一个三十多岁的女人,
显然是他母亲。他不时指点窗外的景物,
一边描述和评论。不是絮絮叨叨那种,
而是声音坚实,吐字清晰,听起来特别享受。
他母亲总是点点头,或低声回答,像情人一样。
她看上去非常普通,不惹眼,但因为她儿子的缘故,
你会愈看愈觉得她漂亮、美丽、迷人、性感,
她染了淡淡的赤色头发,一绺绺发丝
轻柔地散在颈上,一个大耳环偶尔摇晃一下。

高 楼 吟

那些高楼大厦,我爱它们,
它们像人一样忍辱负重,
而且把千万个忍辱负重的人藏在心窝里,
它们比人更接近人,比人更接近天,
比人更接近大自然,但它们像人,
它们的苦和爱是无边的,像我,
它们的泪水是看不见的,像我,
它们的灵魂是纯洁的,像我,
它们像人一样,像人一样,
互相挨着互相拥抱互相凝视,
它们眼睛硕大,炯炯有神,
它们通神,它们是神,
但它们像人一样,像人一样,
它们年轻、健壮、衰老,
皮肤剥落,身体崩溃,
像人一样,像人一样
来自尘土,归于尘土。

我不抱怨黑夜

我不抱怨黑夜,出于工作
和性格的需要,我适应了黑夜
并爱上黑夜,就像我适应了生命
并爱上生命。我爱黑夜
爱到黑夜边缘,我爱黑夜
爱到白天。就像总得有人做男人
有人做女人,我在黑夜王国里
做在黑夜王国里该做的事情。总得有人
在黑夜里听巴赫和马勒,总得有人
迎接黎明迎接晨光,总得有人
天一亮就下楼走走,看看街上
刚醒来或仍在睡着的店铺,总得有人
在早上八九点钟上床,在梦中
听见真实世界或梦中世界的噪音,总得有人
下午才起床,逢休假傍晚才起床
到茶餐厅喝一杯热咖啡,然后
混在下班的人群中,假装自己刚下班
正要回家,或正在回家的途中,

顺便逛逛超级市场,买些菜,
买些面,买些鸡蛋,然后回到街上
无意中抬头,看见远方峰顶上
黑夜又已降临。

伞

我每天都带着一把伞
——不全是因为常常下雨,
更多是因为这把伞美。
我凌晨回家常常遇到零散的雨,
但我往往只做了些打伞的动作
而没有实际撑伞,偶尔真打伞,
又很快合起来,因为我更想被雨打。
今天凌晨我来到维园附近时,下倾盆大雨,
我立即把伞撑开,但无济于事,
不一会儿脚下和腰上已淋湿,
背囊也是。我原该立即拦住路过的小巴
坐车回家,但我竟忘了,当我记起来
已更无济于事,全身湿透。
我在注意我的伞,它正快乐地歌唱着,
大声地,舒畅地,吐音清晰地。

慈 悲 经

"约翰放走那羔羊,
屠夫希律找到它。
我们把一头忍耐、
无过错、忍耐的羔羊,
一头温顺的羔羊领向死亡。"

啊,忍耐、无过错、忍耐的约翰,
忍耐、无过错、忍耐的屠夫,
忍耐、无过错、忍耐的羔羊!

自　　由

我看见别人都是用一条绳子牵着狗
出来散步。大狗小狗都跟着主人的脚步
快速地跑动。我的小狗不这样，
我们尝试给她系上狗带，她不是不喜欢，
而是根本不知道怎么走。我们冬天也学别人那样
尝试给她穿衣服，她也不是不喜欢，
而是根本不知道怎么走。总之，
给她任何约束，她就呆立不动。
我了解她，她跟我一样，
温顺、害羞、胆怯，
但顽固地坚持自由。

鼓 励

对于想从事诗歌和艺术的人,我鼓励:
生活美好,但诗歌和艺术更美好。
对于想退出诗歌和艺术的人,我鼓励:
诗歌和艺术美好,但生活更美好。

勤劳或懒惰,灵魂洁白或乌黑,
都正常,不是因为存在就合理,
而是因为不合理也存在。

我永远站在正面一边,
我永远正面,哪怕在负面和消极中
我也在正面和积极中,但我背后就是负面,
正面就是背对但承认负面。

当我走向你我们都是正面,
下一刻我们都是负面,
我们都向后望时我们又都是正面
同时又处在负面中。

我有时候加上或不加上这一句:
只要你目标清晰,并因为你这决定和行动
而更加清晰。

不加,因为无目标、混沌、犹豫
和不行动,也非常美好,像躺在床上
既不睡觉也不起来,醒着或半醒着,
而屋外下雨或阴天或阳光普照。

所以对于绝望的人我鼓励他更绝望些,
对于满怀希望的人我鼓励他满心也希望,
对于沉默的人我说还可以更沉默还有更沉默的,
对于爱说话的人我说你说得还不够。

我还可以一直这样说下去,
最后变成沉默,而沉默
滔滔不绝,浩瀚如海……

富　　有

萨蒂耶吉特·雷伊说,
他已经很富有了,因为他可以
买他想要的书和唱片。
我也正是这样,正是这样!

婚　　礼

那是前年冬天,凌越结婚。
他穿一套西装,
不知道如何应付自己和客人。
他这里站站,那里看看,有点寂寞。
他想过来跟我们说话,
但进入不了状态,
过一会儿就没趣地走开。

琴　　声

我家隔壁那个老伯
每天晚上都弹一种琴，
可能是琵琶。他只弹一个音，
约三秒一声。当——
　　当——
　　　　当——

我确信,那不是我最初感到的：
　　孤单。
也不是我后来猜想的：
　　无聊。
也不是再后来发现的：
　　活着。

而是音乐,真音乐：当——
　　当——
　　　　当——

树

我自己没有什么可遗憾的,
但一切事物对我都是遗憾的。
高楼大厦是遗憾的,因为
我不能走访千家万户,不能
从他们家门口经过;马路上的行人
也是遗憾的,因为我目不暇接;
阳光、空气、白云、流水是遗憾的,
因为它们不能洋溢我的爱;衣服
也是遗憾的,因为它们被用来遮丑的同时
也被用来遮美;泥土是遗憾的,
泥土表面的苔藓是遗憾的,
苔藓上的水珠是遗憾的……
我的树哟,你是遗憾的,
因为我只能看而不能成为你美丽的叶子,
不能透过你茂密的眼睛俯视
我怎样仰望你。

宝　　丽

仿佛还要使她清纯谦逊的质地细柔如丝,
使别人唇上话语的轻颤也振荡她的身体。

太阳在西贡的海滩照着,秋风扰乱她粗黑的头发
——散乱是她更合适的发式。

她不用更清纯谦逊细柔了,
就像至善者可以不分善恶。

她已经是小孩:散乱而且容易被扰乱。
像往返的船,从原野那边撩开蒿草而来的阳光。

她的舌。她的大吻。她的
连同海滩、阳光、西贡和晚风的存在。

这 一 刻

不相识的女孩,我为你记下这一刻,
因为我从办公室出来海边抽烟时
阳光灿烂,湛蓝的海水闪闪发光,
对岸一座座高楼越看越清晰,而你
也在不远处抽烟,跟一个男同事聊天,
涛声在你脚下浮沉,小小的浪尖起伏,
你弹烟灰的姿势,你高兴起来的样子,
感染我也不自觉地弹烟灰,不自觉地
高兴起来,而我本来就内心喜悦,不知道
该怎么办,对自己,对这大好的天气。

　我为你记下这一刻:也许将来
你跟另一个人结婚了,有一群孩子,
生活像大部分人那样变暗了,伤心时
脑中掠过某个天空晴朗的夏日,
你跟一个男同事那么愉快地聊天;但也许
你现在没意识到,将来也不会想起
这一刻美景,只有我宝贵地
为你记下,也为我自己:因为

世界闪闪发光,而我内心喜悦
又不知道该怎么办,对自己,
对这大好的天气。

相　信　我

就像你一定会有过这样的经历:翻看
一本有人说他深受感动的书,或任何一本书,
但你没有状态,看不下去,只感到昏昏欲睡,
但有一天,当你充满生机,充满感觉,充满
爱的力量,你会从同一本书,或任何一本书
读出生命的悲欢,并感到周身灵气流转。

你身外的大千世界也是这样,一片风景,
一块招牌,一棵树,一个公园,甚至一个个人,
也像一行行、一段段死文字,只有当你充满生机,
充满感觉,尤其是当你充满爱的力量,
你才会领悟,并相信我,并像我一样
为一块石头或一个不认识的人落泪。

灵　　魂

无论俗身多么繁忙,
杂务多么堆积如山,灵魂,
这来自天堂的恩赐,
　　永远不受干扰:
就像它总能在最微小的事物
找到发光的能量,它也
总能在最纤细的时刻
找到休息——就像此时此刻,
在这星期天的正午,在我俯卧床上
把脸颊轻压着枕头的当儿,
周围多么安静,像一片辽阔的海洋!
而灵魂像天堂探下的一圈光
守护这诚实、勤劳、
可怜的人——

三十八年

婚姻不是选择,不是像你现在这样
盘算要不要、合不合适、好不好的问题。
无论你有什么决定,最终都不由你决定,
因为你身上还有个命运,你碰上它的机会
远远高于任何其他机会。因为你会变,
而变正是婚姻之门的钥匙
      系在你腰上。
你会变得慢慢或突然爱上一个人,
而爱会变婚姻,而爱本身也在婚姻的过程中
慢慢变了,然后又变变变。
既然你会变得慢慢或突然爱上一个人,
你又怎么不会慢慢或突然不爱
甚至讨厌和嫌弃一个人呢。
爱只是你的变和另一个人的变的交叉点,
接着你们继续变,要么是同一方向,
而那方向也在变,要么是背道而驰,
要么是别的,不管怎样都一样。
  但你想想,人类是多么伟大,

可以在千变万变中依然维持着
不管怎样的关系;又是多么可耻,
像我,我已经这样,已经这样
　忍辱负重三十八年!

(他那副忍辱负重的表情
也一样伟大!)

新 年 快 乐

清晨草叶露珠滚动,
城市高楼外墙明净,
路边石叮叮响,晴天万里
被更多人抬头仰望,码头更空旷,
渡轮的汽笛更清晰和悠远,
害羞的男孩鼓起勇气向女孩说早上好
而她明白那意思是我爱你,
努力听了三年马勒的小公务员
第一次领会他微妙的宇宙,
钓鱼少年提着渔具高兴地回家
像被他放回海里的鱼儿,
大型客机庄严地降落,行人天桥上
一阵微风使行人放慢脚步,
母亲弯下腰听放学的小孩
讲今天幼儿园里另一个小孩
和另一个小孩吵架的经过,
有些人像我一样把烟蒂扔到街上
感到一阵小小的违法的喜悦,
更多人爬山、走路、手拉手……

城 市 之 神

我时时感到城市之神,在盛夏
最强烈的阳光里,最浓密的云团里,
最迅猛的暴雨里,在电风扇的嗡嗡声里,
在街灯柱油漆剥落的铁色里,
在路边石缝一撮撮小草的浅绿里,
他醒着,提醒着,我时时感到
他的心灵,他的注视,他的呼吸
出入我的身体,刺激我,平静我,
搅动我,抚慰我,在我视野里闪烁,
在我脚步里轻踩,在我天空里俯望,
在我孤独又完全没有孤独感的存在里存在,
在我长久沉默中,百无聊赖中,兴奋莫名中,
我感到他就是我,正透过我的心灵
感受这广大的世界,透过我的目光
注视他自己的形象。此刻,当我站在街头,
我看见城市之神朝我疾驰而来,这一回
他是一个衣服洁净皮肤洁净的扎着马尾辫的中年汉,
骑着自行车,车前车后系满物品,

当他经过我近旁的垃圾箱,他刹车
伸出一只脚搭住箱口,俯身往里面望,
他没捡到什么,便飞也似的离去,
像照了照镜子,便飞也似的消失。

幸　　福

幸福的是永恒的宇宙,永恒的太阳,
永恒的天空,永恒的星星,
永恒地寂静,永恒地寂寞,
没有烦恼,没有忧愁,没有悲苦。

幸福的是短暂的风,短暂的云,
短暂的花草,短暂的露珠,
转瞬就消逝,转眼就凋零,
来不及烦恼、忧愁或悲苦。

幸福的是你们,人呵,
在永恒地寂静永恒地寂寞的天地间,
在虚空而无感情的大千世界里
烦恼、忧愁、悲苦和相爱。

现在让我们去爱街上任何一样东西

现在让我们去爱街上任何一样东西——
这红绿灯闪烁;这药房的招牌
在白天的喧腾中不惹眼,但如果是在清晨
街头荒凉的时候,它会竖立在那里,像一个男人
一大早醒来,穿一件白背心呆立在阳台。
这些水果,橙、木瓜、水晶梨、苹果、菠萝、奇异果,
你都想捧些回家供起来,因为它们都新鲜得活生生,
让你不忍心吃或舍不得吃。这些蔬菜,白菜、油菜、苋菜、
红萝卜、绿豆芽、青瓜,也新鲜得让你想起自己还是个单身汉,
而拥有一个家庭的幸福感似乎已触手可摸。这条私家路
只是对汽车而言,对人它是公开的,谁都可以像你我这样

一无所碍地穿行,但奇怪它竟像我们的私家路似的,

瞧此刻只有我们在走,使得两边那些涂上蓝油漆的拦路石

也显得井井有条像一个个立正的海军士兵。让我们往回走吧,

你看那山边绿里透亮!天空多辽阔!白云在奔跑!

风吹过那棵大榕树,树叶层层叠叠,摇曳不已。

而我们还没说到我们的眼睛一刻也没有停止过贪婪地扫视的行人!

这微张着口的婴儿、这男孩、这女孩、这婆婆,

这人行道,这灯柱,这微凉的铁栏上的抹手布,

这些物质!这些人!这些运动!而我们还没有说到

我们的心灵一刻也没有停止过感受的这些物质更内在的秩序

这些人更微妙的精神和这些运动更广大的节奏!

而如果我所爱的这一切都从我身上认领走一点点

例如一毫克的东西,我将立即溶解,立即消失,

而陪你爱街上任何一样东西的,将是街上任何

一样东西：

　　一线光,一粒微尘,一根藤条,画在纸皮箱上的一个红苹果,

　　鞋匠额上微渗的汗,婴儿脸上还未成形的浅浅的酒窝,

　　挂在跟我们擦身而过的姑娘眼睫下的一颗晶莹的泪花。

现在让我们去爱一个老人

现在让我们去爱一个老人,
就让我们走进前面这家茶餐厅。
斜对面那位穿圆领运动衫的老伯,
两鬓斑白,额头有几条清晰的皱纹,
表情平静,目光幽深,隔一会儿吸一口烟,
嘬一口咖啡,在吸烟嘬咖啡时眉睫微颤,
他已经清闲得没有清闲这个概念了,
你看他慢慢举起手来,那永恒的姿态。
他天天这么孤独,只有他的表情
和动作陪伴着他,你甚至会觉得
这些也不属于他,看,他目光在别处,
他的灵魂也许正在高处等待他,来不及了
如果你还不快点爱他,动用你所有的感官
给予他热烈的暗示,恳求他多留一些日子,
一个连他的表情和动作也不属于自己的人
他的存在已趋于透明,他在世上的任何时刻
都包含特殊的意义,都是对我们的祝福——
看,玻璃门外一辆双层巴士驶过,把阳光

反射进来,使他脸膛一闪,神采奕奕,在我们恍惚的瞬间把我们也照亮。

下　　午

下午三点多,酒吧里
一个顾客也没有,
除了一个三十多岁的男侍应,
坐在长凳上专心看报纸。

雨　　点

那小男孩从幼儿园校车下来,
他那位高挑、雍容、性感的母亲
和比他大一两岁的哥哥在车下接他。
他母亲和哥哥先他七八步,往商场里走,
他站在人行道上,仰起脸,伸开双手,
感受从天上掉下来的零散雨点。

微　　光

快凌晨两点了,我走路回家
经过天后地铁站附近一个休憩处
见到两个年轻人,一个背着旅行包,
正坐在长凳上聊天,他们那促膝谈心
推心置腹的劲儿,让我想起年轻时
我也曾在这样的时辰和环境,这样忘我地
同朋友聊天,因为我们的家都既小且挤。
他们正不自觉地领受着贫穷赠予的幸福,
不方便带来的自由,他们正创造着
将来要领受的美好回忆——这回忆
被我预先观看,预先领受。
　此刻,在上帝那幽暗的人类地图上
他们一定是两点微光,摇曳着。

裁 缝 店

我凌晨回家时,常常经过一家裁缝店
——当它灯火通明时我才发觉我经过它,
而它并不是夜夜都灯火通明。我经过时
总会看见一个身材清瘦、两鬓斑白的老人
独自在熨衣服。他干净整洁,一边熨衣服
一边开着收音机,在同样整洁的店里。
每次看见这一掠而过的画面,我就会失落,
尽管我的步伐节奏并没有放缓。那一瞬间
我希望我是他,这样安安静静地工作,
像天堂一样没有干扰,让黑夜无限延长。
我不断闪过停下来跟他打招呼的念头,
但我的灵魂说:"这是个奇迹,
你闯不进去,因为你不是
也不可能是它的一部分。"

晴　　天

连续十多天大雨倾盆,
到处是积水,出门带伞,
进门赶快收衣服,约会取消,
外游搁置,菜价猛涨,瓜果腐烂,
但接着这几天天天放晴,到处是太阳,
到处是流动的光,大厦外墙刷洗一新,
山上树木茂盛得生出墨汁,街道宽敞,
心情愉悦,让你感到做人真是一种束缚,
不能变成哪怕是一个遮阳伞或一小段街道,
变成空气变成任何透明或会飞的东西。

阻　　碍

就像当你出门时大雨滂沱，
知道打伞在街上走三分钟也会浑身湿透，
就转身走进附近茶餐厅坐下，
喝一杯咖啡，抽一根烟，
如此愉快如此舒服，当你推门出来
回到街上时看见雨已经停了，
街上被清洗得一干二净，
才惊觉你刚才避过雨。
生活也是这样，当它阻碍你，
挤压你，你就在你身边、在那阻碍附近
休息一下，顺便找点事情做，
修厕所、抹窗、收拾杂物，
或像我这样听点音乐，做点翻译，
走走路，如此专心如此享受，
当你回到原来的轨道上，你将惊觉
发生过的事情好像没发生过，诧异于
你曾经忧烦并且已忘记那忧烦。

礼 物

我永远记得这个场面:有一天
我爬上我们木屋家门口对面的小山头。
那是个美丽的小山头,山腰有一片柳树林
风一吹就树叶翻飞,而风永远在吹,
我们住在木屋区的十多年间,那个小山头
像我的心灵一样丰富,它就像我的心灵,
高于我,远于我,超越我,但永远在我的视野里。
那天下午我站在小山头上,整片木屋区在马路边
就像一堆废铁皮,跟附近的废车场没有两样。
我看见母亲蹲在我家门口的水龙头边洗锅,
她原来高大的形象此刻在我眼底下变得弱小,
我隐约听见刮锅声,我看见在她背后,在远方,
高楼如林,几片白云飘过上空。
当刮锅声再次把我的目光吸引到母亲那里,
加上我的想象,我能渐渐看清她轻快的动作,
那一刻我领到了母亲和贫穷给予我的礼物,
它一直是我的护身符。

在风中摇摆

我凌晨经过铜锣湾中国国货公司旧址,
总会看见一个街头露宿者在大厦楼梯出口处睡觉,
他用两把打开、斜躺着的伞遮住自己的身体,
所以我从来没看见他整个人,更别说他的相貌,
但我能想象他蓬头垢面,就像所有街头流浪者那样。
今天凌晨起大风,我步履舒坦,贪婪地呼吸,
经过那个露宿者的住处时,发现那个身体不在了,
抬头看见一个中年汉——他——在不远处做运动,
他甩手、弯腰、扭脖子,像一个晨运者,
他的衣服也像晨运者一样朴素、整洁,
他的影子在风中摇摆。

母 亲

在凌晨的小巴上,
我坐在一个五十来岁的女人身边,
她略仰着脸,靠着椅背,睡得正甜。
她应该是个做夜班的女工,
家里也许有一个正在读大学或高中的儿子:
瞧她体格健壮,神态安详,
看上去生活艰苦但艰苦得有价值,
而且有余裕。我的灵魂一会儿凝视她的睫毛,
一会儿贴着她的臂膀,
一会儿触摸她的鼻息。啊,她就是我的勤劳的母亲,

这就是母亲二十年前做制衣厂女工下班坐巴士回家的样子,

而我直到此刻才被赐予这个机会看到。
我静静坐在她身边,我的灵魂轻轻地
把一块毛毯盖在她身上。

迟也是到,早也是到

远远望见我要搭的巴士已停在巴士站,
要是我奋力奔跑,说不定能赶上,
但想到一年中这样的机会还有很多,
我以前也赶过,有时追上有时没追上,
而赶上跟没赶上是一样的,
迟也是到,早也是到。所以
我把已经绷紧了的双腿松下来,
感到一种额外的自由,而且
看着如果我奋力奔跑我也许已搭上的巴士
朝我的方向移动几米,然后稳重地右转,
划了一个弧形驶上高速公路,我发现
我的自由的幅度还在不断扩大,
我可以慢吞吞,也可以大摇大摆,
而我选择了慢吞吞。

长　　风

在凌晨时分,在回家途中
我站在红绿灯前。绿灯亮了几次
而我还站在那儿。一个的士司机
不解地望着我,甚至绿灯亮了
还不把车开走。我站在那里
只是因为有一阵长风从维港吹来,
而我感到非常舒服。

俯　　瞰

我有半年没坐巴士回家了。
今天凌晨下班时很累,刚好有巴士驶来,
便本能地上车。车上很安静,
好像在德国。乘客都一声不响。
我从巴士上层俯瞰我平时走过的地方,
变得空旷的铜锣湾,寂寞的维园,
我看见我一个人背着背囊拿着雨伞的身影,
我看见我的运动鞋踏过的人行道。
巴士掠过天后地铁站,掠过那家通宵小杂货店,
穿着背心的老板在搬一箱汽水。

让我告诉你我怎样生活

我的城市喧腾不息。我在人群中摩肩接踵,
我在马路边看见汽车摩肩接踵,我在巴士上
看见广告牌摩肩接踵,但只要有一小块空间,很小很小,
就会安静下来,例如我公司附近那个仅有五张长凳的道旁小公园,
一个男人和一个女人正互相依偎着,一个流浪汉正闭目养神,
一个印度青年正跟另一个印度青年闲聊,
还有两张空着,随时会有人来坐,就像当我经过时总要坐坐;
小公园右侧还有一块小空地,安静如一个湖,
而这是别处看不到的,我饭后在轩尼诗道散步时总要
拐上这角落,因为这地方是别处感受不到的。

就像如果你来我家,我生活简单
我屋里杂乱你都知道,但如果你来我家

坐在客厅饭桌前,我会把满桌子书籍杂志词典往后推一推,

腾出一个小空间,用湿布再用干布抹净,

然后在那一小部分发亮的浅黄色桌面上放一个白瓷壶

和两只白瓷杯,然后我们开始喝茶,这时你上楼前

在英皇道上看到的阳光和山边的绿树还留在你脑子里,

而我们就这样喝茶谈天,而我边谈边起身去烧开水,

而这是你在别处看不到也感受不到的。

消　　逝

就在我眼前,山上那片树林
枝叶如此清晰地晃动,在风中,
每一瞬间的姿态都不一样——
那不是不一样,那是快速的消逝。

形　　象

我看见整个人类的形象
是一个委身屈膝的顺从者,
而诗人、艺术家、英雄
和所有不屈不挠者,
是他头上的短发
在风中挺立。

你 是 人

可怜的灵魂,你不要在想的时候
责怪你不在看,不要在看的时候
责怪你想到自己在看,
你没有什么不对,因为你是人;
你能想是对的,能看也是对的,
你想不开是对的,看不开也是对的,
你错了也是对的,因为你是人。

这 么 美

这么美,这么
一尘不染。她站在你面前
就像白云在天空里,树叶在阳光中,
这么玲珑,这么剔透,你很难想象
她这么可爱,也需要做爱。

上　　班

在早晨的阳光中赶着上班
来不及多瞥一眼从身边掠过的面孔
或身姿或服饰的男人,突然
想到自己现在就是以前
还是受学校、功课、父母
和自己的小身体
约束的小孩的时候
心里所羡慕的
那种混在赶着上班的人群中
看似有自由、有抱负、
有力量、有独立生活
和有一个广阔的世界
铺展在面前的男人。

母　女　图

那对母女坐在公园的长凳上谈心,
隔着一个空位。她们放松地靠着椅背的姿态,
她们闲闲地聊天的姿态
给了我这颗近来不胜忧烦的心多少的安慰,
虽然我知道,我知道,她们可能
非常可能是在互相安慰。

凡是痛苦的

这是你几年后也许几个月后
回想起来将变得甜美的痛苦:
拥抱它,因为凡是痛苦的
都将变得甜美,不是
痛苦本身会变得甜美,
而是痛苦本身会消散
而在痛苦中肉眼所见
肉体所受的,此刻你肉眼所见
肉体所受的,都是最清晰的,
都将镌刻在记忆里,而你的痛苦
将变成氛围,衬托那清晰的画面,
此刻这清晰的画面:
　　这盛夏的热和湿,
这枝叶绚烂的摇晃,你脚下
这涌动的海水——

孤　　独

在南丫岛山上
一张空凳
面对大海,如同
一个孤独者,
而且好像还有一个
无形的孤独者
坐在那里
面对大海。

你的甜蜜,你的脾气

当我从你的甜蜜里出来,
走在大街上,看见来往行人的正面和背影,
看见他们在阳光中而不知道自己在阳光中,
在蓝天下而不抬头望望蓝天,

我就想

我为何这么幸福,
而他们这么可怜和忙碌。

而当我从你的脾气里出来,
走在大街上,看见来往行人的正面和背影,
看见他们在阳光中而不必知道自己在阳光中,
在蓝天下而不必抬头望望蓝天,

我就想

我为何这么可怜,
而他们这么幸福和忙碌。

朝　　露

人生不是梦,正相反,
它是我们宇宙般无边的长梦中的
一次醒,然后我们又回到梦里。
这就是为什么,我们合着眼睛
来到这世界上,为了适应光明;
又渐渐失去视力,为了再适应黑暗。
你现在醒着的形式,只是一种偶然,
下一次你醒来可能是小草,
或草尖上的露珠。

纯　　真

她们俩玩得多开心。对方唇边一点儿汽水泡，
脸上一绺被海风吹乱的头发，
衣服上一个污点，都会引起另一方注意，
然后彼此大笑一通。一个大人，
要花多少时间和积聚多少智慧
才能再接近、才能再回到
这样纯真的状态。

因 为 悲 伤

在中环地铁站,一对老夫妻
用普通话问我去东涌怎么走,
我温顺地——几乎是孝顺地——
陪他们走十分钟,给他们带路。
他们一定以为遇到一个好人。

而我只是因为悲伤。

得 不 到

诗人,你得不到她
是对的,否则你就不可能
以冷眼看她衰老,哀悼
她青春逝去,惊讶于
当年那傻小子
　　竟会疯狂爱上
面前这老太婆,因为
以你的深情,如果你永远
得到她,你将永远爱她
至老至死也将她的皱纹
当作嫩肌,那么的美,
这样,世上还有谁来哀悼
花颜枯萎,青春逝去?
　　　　　　　因为
你看,多少人相爱,相得,
相结合,然后相恨,相失,
相分离,或相厮守至老至死
皱纹堆着皱纹,但都不会

不会像你那样,哀悼
　　花颜枯萎,青春逝去。

不烦恼怎么办

你又没有一个奋斗的目标
(也只是骗自己的目标),
虽然也交友、娱乐、工作,
但还有那么多剩余时间
不烦恼怎么办?

你又不想、也不能、也不知道
做一件多于自己的事情
(一件骗不了自己的事情),
虽然也捐款、游历、环保,
但还有那么多剩余时间
不烦恼怎么办?

你又没有让人羡慕的才能
(使自己什么都不懂的才能),
虽然也看书、看电影、听音乐,
但还有那么多剩余时间
不烦恼怎么办?

即使你有目标、有才能,
有多于自己的事情,有钱和钱
意味的一切,而且有时间,
但还有那么多剩余时间
不烦恼怎么办?

才能的宇宙

就跟当年我在工厂
听一个女工友描述
她那个只懂进、不懂出
累积不少钱但隔三几年
就被烂赌的丈夫输掉一大笔
然后痛苦了好几年的
自私的妹妹时
所形容的,"只进不出
就会溢走或漏掉"一样,那些

有才能的人,也是守着自我
像守着钱包,把成就和利益
小心勒着,而他们
就是他们自己烂赌的丈夫,
甚至不知道自己的痛苦,
不知道相对于他们原可以
形成的才能的宇宙,
他们现在的才能
只是一个蘑菇。

混乱而忧烦的世界

无忧的年轻人,微风吹拂,
你们在微风吹拂的夏夜,在户外
围着桌上的花生和啤酒杯
闲聊,星星在远方闪耀,多美,
而你们多舒畅,请继续舒畅!

因为无忧时光短暂,很快你们将回到
那混乱而忧烦的世界。

平静的中年汉,大海歌唱,
你在大海歌唱的码头附近散步,
傍晚多迷人,星星就快出现,
我不止一次看见过你,在微风中
你多孤独,请继续孤独!

因为平静时光短暂,很快你将回到
那混乱而忧烦的世界。

欢愉的妇人,在马路上,
你牵着女儿在马路上有说有笑,
与丈夫的吵闹,与公婆的勾心斗角
统统抛诸脑后,微风吹拂你们的衣衫,
而你们多亲密,请继续亲密!

因为欢愉时光短暂,很快你们将回到
那混乱而忧烦的世界。

陶醉的恋人,暴雨将临,
你们在暴雨将临的公园,为了
弥补差异而更紧地贴在一起,
你们忘我地,像身边的青枝绿叶
那样忘我地摇晃,请继续摇晃!

因为陶醉时光短暂,很快你们将回到
那混乱而忧烦的世界。

静 水 深 流

我认识一个人,他十九岁时深爱过、
在三个月里深爱过一个女人,
但那是一种不可能的爱,一种
一日天堂十日地狱的爱。从此
他浪迹天涯,在所到之处呆上几个月
没有再爱过别的女人,因为她们
最多也只是可爱、可能爱的;
他不再有痛苦或烦恼,因为没有痛苦或烦恼
及得上他的地狱的十分之一,
他也不再有幸福或欢乐,追求或成就,因为没有什么
及得上他的天堂的十分之一,
唯有一片持续而低沉的悲伤
在他生命底下延伸,
     像静水深流。
他觉得他这一生只活过三个月,
它像一个漩涡,而别的日子像开阔的水域
围绕着那漩涡流动,被那漩涡吞没。
他跟我说这个故事的时候,

是一个临时海员,在一个户外的酒吧。
我在想,多迷人的故事呵,
他一生只开了一个洞,不像别人,
不像我们,一生千疮百孔。

发现集(2009—2014)

我认识一个女人

我认识一个女人,我相信我是世界上唯一悄悄注意她和她青春怎样消逝的人。

她还是少女的时候在一家面包店工作,一大早就来开店门做准备,她有着似乎苗条两个字就是为了等待她出现的身材。她头发又黑又长,扎成一扎搁在背后。她纯粹的黑眼睛——正是那双眼睛使我黯然神伤。

我认识她而她不认识我,因为我从来不是她的顾客——后来我多希望我是,哪怕就一次,从她手里接过一个面包,听她跟我道一声谢,当那家面包店有一天突然就关闭了。

我常常想起她,每次经过那个换成了药店的店门口我就想起她弯下腰一大扎长发落在背后的形象。有时候我突然来了希望,希望看见她成了药店的店员。

半年后我才在路上重见她,拉着一辆小车,不知道是干什么用的。又半年后我又看见她,还是拉着一辆小车,但这一回另一只手还拉着一个小男孩。我希望又不希望那是她儿子。

然后我隔几个月,有时候隔一年,就会再看见她,在人群中我一眼就能认出她。有一次看见她穿着紫红色高筒鞋,很不像她平时的风格。有一次又看见她拉着一个小男孩——可能还是那个小男孩。

几年后,那是三年前,我突然看见她变成另一个女人,她的长发松了,也乱了。乱发下那双悲伤的,无神的,失落的,痛苦的眼睛呵。她发生了什么事?失恋?离婚?最重要的亲人去世?失业——还是一直在失业而现在终于陷入最绝望的困境?

三年来我又好几次看见她,她那双也让我悲伤,无神,失落,痛苦的眼睛呀!

当她走在匆忙喧闹的人群中,只有我一眼就认出她,只我知道她曾经多么美丽过,也只有我依然看见她的美:她依然的,尽管不会有人发现的美,和她曾经的,再不会有人知道的美。因为我相信我是这世界上唯一悄悄注意她和她青春怎样消逝的人,我甚至比她更强烈地感到那消逝的力量。

有一两次,当我看见她,当阳光刚好突然照在她脸上,使她的脸色好像有了光彩,使她眼睛好像又纯粹了明亮了,我是多么地喜悦呀!

发　现　者

他每次见到你都向你致以最真诚的问候。
像小镇上一个老人脱帽向一群年轻人致敬。
像乡野里繁花盛放向一个孤独者致敬。

他问候的方式简单又朴素,有时候仅仅是
坐在驾驶室里在你未觉察时把汽车前灯照向你
或远远向你扬一扬手,或道一声"喂"或"嗨"。

但你知道那是最真诚的问候,像你每天向太阳,
向阴天或晴天,向茶餐厅对面那片枝叶翻飞的树林,
向整个世界的存在致以最真诚的问候。

因为你充溢着能量,善的,爱的,美的,
非凡的,孤独的,神奇的能量,像一个宝藏,
而他是个发现者,并以他的问候表达他的喜悦。

因为你也是以同样的方式表达你对世界的发现。

朋　　友

你那位朋友,活在世上,像活在世外,
没有职业,没有事业,而你一向不觉得
他有什么不妥,而且愈来愈发现

他是对的。现在你甚至没有了他的音讯。
像她,对世事沧桑诸多感叹,唯独不知怎的
向你提起你们这位共同朋友:"一个怪人,

也深深地爱过,我目睹过他们相爱,很感人。
没有了也就没有了。他总能安于无声无息地活着,
让人时不时会想起他。"或者像他

也无端端向你问起他,"平时忙,但一静下来,
总会突然想起他,就像想起自己生命中
某个重要时刻。"而你听见自己在说:

"也许他比我们更早地知道生命的秘密。"

海味店口

在赤日炎炎的小街上,当那个汗珠滚动的美妇人
走近一家海味店口挑海味,男人们都失落了:
当他们失落的时候,当他们失落的心情

想找个地方靠一靠,他们都不自觉地把目光
投向对面满山坡的阳光——那个从各方面看
都是最正当的地方:仁慈、明净、高高在上。

走上正确的路之后才有的喜悦

我在沙发上做了一个梦。
我在回故乡的途中,前面的景物变了,
我不敢肯定是不是走对了,踌躇了一会儿。
我想问我身后一个女人,因为
我感到如果我问她
她会愿意回答而且会肯定地说
对的。于是我问她,
她果然说对的。我感谢她
并继续走,看见我前面几步
一个女人站在路旁吃好像是一个肉包,
很饿的样子,这刚才我已经注意到了,
但此刻我内心突然对这个场面感到一阵喜悦,
同时意识到这是走上正确的路之后
才有的喜悦,才生动起来的场面。

委　　屈

我杯底下遗留一圈溢出的
牛奶般的花生核桃汁,立即
就有一只蚂蚁跑来沿着它转,
又立即跑开,它速度非常快,
肯定比人类中的阿喀琉斯还快,
很快就有一群蚂蚁跟着它来,
可我已经把那圈汁抹在手指上,
另外涂在我平常给它们留食的地方。
我看见它在那里迷惑,又努力
给它的同伴们解释:明明就在这里,
千真万确,我对天发誓！但是
它们不相信它,它们咒诅它,
然后回去了,而它一边走,
一边回头看,它一定想起它们部族
传说中也有过这种事情,而现在
就发生在它身上:真理
必以不被相信为代价！

清澈见底

只有清澈见底的人
才开始懂得混混沌沌之妙,
也只有深刻体会混混沌沌之妙的人
才懂得珍惜,以及可惜
仅仅清澈见底的人。

不幸的幸存者

幸存者幸存下来,不是因为他们幸运,
而是因为他们有更大的不幸和痛苦的承受力:
也许他们没意识到,甚至他们的灵魂也没意识到,
构成他们意识和灵魂的各种元素之间,已经从最
 大的善的角度
权衡过,精心计算过什么最符合整体的利益。
逃过一场场劫难的亡国诗人啊,你活下来
也是因为你能承受一个亡国和千万个亡灵。

我一代人都埋没了

> 我一代人都失去了。
> ——米沃什

我一代人都埋没了。不是埋没于
抗争,义愤,孤独,或隔绝,
不公或压迫,而是埋没于
社会那高屋的砖瓦和水泥里,
有些成为围墙上的玻璃尖和铁丝
在日光中闪烁;或埋没于
饭局和家室,汗流浃背不是因为日夜奔波
而是因为跑步健身,不安不是因为警察或检查,
而是因为良心或食品污染。

莱奥帕尔迪

人生是可悲的,
因为一切都是幻觉;
但幻觉是伟大的,
因为幻觉以外
人生是可悲的。

桑丘睡眠颂

你这比生活在大地表面上的人
都要快乐的人啊,你这既不羡慕
也不被羡慕的人啊,睡吧,
带着你灵魂的安宁睡吧,
就连神明也舍不得不多看你一眼,
就连恶魔也觉得如果这时候打扰你
也未免太没道德了。睡吧,
我再说一遍,而我将说一百遍,
睡吧:因为没有对某个美人的嫉妒
使你永远合不上眼,没有还债的焦虑
使你辗转反侧,也没有明天必须做的事情,
譬如为自己为家人的生计,
使你隐隐不安。在这人类思想的黑罩里,
没有恐惧和希望,没有忧烦和向往,
在这均衡的天平上,牧羊人和国王一样的轻,
愚人与智者一样的重,野心和抱负
早已在你呼吸中消散,世界的虚荣
也早已抛诸你脑袋下:

因为你的愿望的疆界
不超过一个凡身
和一个栖身之处。

加 缪 说 佛

释迦牟尼在荒漠里生活了很多年,
一动不动,眼睛朝向天空。诸神
也羡慕起这种石头的智慧和命运。
在他那僵硬而伸开的手里,燕子筑巢。
但有一天它们飞走了,永远地。
而这个消灭自己身上所有的
意志和欲望,所有的
光荣和痛苦的人,流起泪来。

于是石头开花。

不要抹死一只蚂蚁

不要抹死一只蚂蚁,
他们是我们能见和常见的
最细小生命,他们也像我们
一生营营役役,你一根手指
和一块小抹布,常常是他们的
地震、海啸、种族灭绝,
你已经忘了祖父怎样死于天灾或饥饿,
而他们可能还在讲述你几天前
顺手给他们制造的一场横祸,
他们的泪水我们看不见,他们的哀号我们听不见,
他们讲述的英雄故事我们前所未闻:
他们怎样为了一个种族的温饱
而被你顺手掀起的大洪水淹没。
但他们和我们冥冥中的共同主人
全看到了,听到了,但他的悲伤
我们看不见也听不到,也许他掀起的大洪水
就是他对我们的警告和愤怒!
不要抹死一只蚂蚁,你见到这句话

即是见到一份盟约,你心里同意即是签字,
细读以下提醒,在你生命中频施奇迹:
看见一只蚂蚁,无论在杯缘、碗缘
或桌缘、窗缘,在砧边、水槽边、刀边,
请不要倒水、洗碗、抹桌、擦窗,
请不要切菜不要放水,直到他离开,
或帮助他离开,要有耐性,要小心,
无论何时见到他们,一只,两只,成群,
请用手指蘸一点儿肉汁、汤汁或糖,
抹在他们附近,那是他们天降甘霖,
不要把厨房擦得太干净,一尘不染,
那会造成他们的干旱或歉收,
尤其是在冬天,将造成他们饥荒。
请发这个愿,不要抹死一只蚂蚁
并在你生命中频施奇迹。因为
我见过奇迹,那也是他们的神迹,
他们出埃及记和红海故事:

 有一天我发现

 半杯咖啡里浮着

 一层蚂蚁的死尸,

 还有两三只奄奄一息,

 看着我无意中造成的灾祸,

 为了也许能救那两三只

我把那半杯咖啡倒在
一块有小密孔的抹布上，
让水漏掉，再在抹布下
垫一层厚厚的厕纸
以加速抹布被吸干，
几个小时后我回家一看，
他们全消失了，
他们全复活了！

女 孩 与 水

这女孩,我第一次见她时并没有见到她,
是我第二次见她时她告诉我我见过她。
而这次,第三次,我既是第一次见到她,因为
她跟我第二次见到的完全是两个人,
无论身高,皮肤,谈吐或这蓬勃的活力;
又是早已见过她,不是因为有过前两次,
甚至也不是因为前生或像前生见过。
　　　　　　　　　　一个大谜。也许像我
在任何一个常去的地方,第一次见水而没有见到它,
第二次见水,才见到它,一片常见的水,第三次
我才第一次见到它,在灿烂阳光中,万里晴空下,
而我又分明见过它多少次,无论是水本身,
水中的阳光,水底的晴空,还是那清晰的环境。也许
水也会说,我见过你,又见过你,现在
又见到你。

读　　者

他读了那位默默无闻的诗人
那本薄薄的自印诗集,感觉就像
他才是那诗人。他收到诗人的回信,
谦逊,还有一句他最初并没有明白
是更谦逊的话"别的不敢当,
但自感这七八年总算没虚度。"
然后他才明白了似乎比诗人自己
还深刻得多的道理,明白并看见了
他自己广阔的前景,世界无限的丰饶,
因为他发现自己脱口说:
"他不仅没有虚度这七八年,
而且没有虚度他的一生!"

幻　灭　者

有些人从幻灭中升起,重新擦亮自己,
重新拂拭每一个朴素事实下闪闪的真理;
在平凡中惊叹平凡,在幸福外发现新幸福。

阳光一寸一寸地温暖;风吹在他们身上
就像从前看风吹在树上,枝叶飞舞,
他们整个生命在新的视域中摇曳。

然而他们已经与我们无关,即便他们是阳光,
一寸一寸地把我们温暖:我们的心永远向着那些
飘零中的幻灭者,风吹他们如枯枝败叶。

相 爱 者

相爱者就像生下来皮肤里就植了感应器,
天各一方,然后在茫茫人海里互相寻觅,
命运让他们多少次失之交臂,终于迎来了

相认的喜悦和泪水:幸福就是他们的样子;
天和地,我和世界,理想和现实在他们眼中
就像他们在彼此眼中;然后命运又来干预:

他们平静了,也平凡了,最后由一方忍痛
拔掉已变成干扰源的讯号器,从此又天各一方,
在余生中互相回望。幸福变回别人的样子。

现在我才领会

如同那些自己做了父母的,终于明白
自己父母当年的唠叨句句真理,现在
我才领会这些话字字带着心碎的音节:
我爱你,永生永世,每时每刻。

当我和你唇贴唇,呼吸融于呼吸。

现在我亲身见证了,山盟海誓
怎样枯烂,怎样应验同一些老生常谈,
虽然我仍相信内心这份感受:相信
我只是把爱冻结在最黑暗的底层。

当我和你分手,并悲痛于分手。

现在我知道,失去了肌肤相触的营养,
爱和回忆便会凋萎:而既然我那么深的感受,
那么真的经历,都可以变得像没发生过一样,我该厚着多厚的脸皮去见我将来的言行?

当我已不在乎你,也不再相信自己。

善　　恶

我问智慧之神:就像诗人和哲学家们
所说的,大自然以其难以置信的极度慷慨
产生了数十亿维持人类存在所需的生物,
但它对个人的命运却绝对地漠不关心,于是
他们觉得,要么上帝是无所不能但又不好,
要么是好但不是无所不能。

　　他说:
"你们不应该评判上帝,造物凭什么评判造物者?
你们也以同样的理由认为上帝不存在。
大自然犹如上帝的身体,你们只是
这身体里的细胞,只有上帝才能看见他自己,
即使他照镜子,而你们是他眼睛里的组织,
他瞳孔的一部分,但你们怎可以看见他?
再譬如你写诗,你能看见你的文字,
还能感受你的诗,但文字怎能看见你?
文字甚至不知道它们是诗的组织。
世界不也是上帝用语言创造的吗,他说有光

于是就有了光,你看见光,但你怎样看见
光的创造者?你们凭什么评判善恶?
甚至妄想颠倒善恶?恶是善的肥料。
大自然确实极度慷慨,这就是善,
有些人懂得感恩,就奉献自己,
成为善的一部分,当他们被恶侵袭
他们也绝不会在乎。善又怎会在乎
它的肥料多些?
　　　　　　　　　　我知道
你还想问我什么,但凭你的小智慧
你也知道为什么这世界不可能只有白天,
只有太阳,只有男人,所以你也就该知道
为什么世界当初不可能只有善。"

天　　地

经过码头,看见一个男人
近于虔诚地放松自己,徐徐地
呼吸从海上吹来的风。我能感到,
就像我自己曾经有过的,这
可能是他生命中少有的脆弱时刻,
而他让自己牢固地封闭的身体
微微打开几条细缝,接受只有这阵阵海风
才能给予的安慰——因为他的脆弱
是无可安慰的,因为他并不知道
这脆弱是什么,或这该不该叫作脆弱——
而只有在这个时候,他才感到
天地的节奏,天地的意义。

我的神秘主义

其实我不是畏冷,而是长期的保暖
使我太容易意识到冷的侵袭
和它对身体的伤害。哪怕像现在这样
因为实在太累了,就在楼梯台阶上坐下,
我也不忘从裤袋里拿出两三块餐巾垫着,
尽管我也知道,很快冷就会渗透餐巾。
由于我裤袋里塞满了餐巾、打火机、手机、
硬币和烟盒,所以为了坐得舒服些,
我把烟盒放到膝盖上。但过一会儿,
它就掉下来,我就得起身拾它。
同时我不能不神秘地想象,也许
是我的身体比我更聪明,趁我不在意
把烟盒抖掉,使我隔一会儿离开那冷,
不让那冷渗透到屁股。也许
是我的下意识抖掉它,
甚至是我的保护神
悄悄把它拿开。

天真之神与养光的人

我只眷顾小孩,永远在他们中间,
偶尔为了消遣,才顺便看看成年人,
尤其是老人,他们失去了天真,
但也已耗尽了世故,像烧过的木柴
变成了炭。别的成年人,我就等他们
失去青春,耗尽体力,变成老人。
但总能看到他们中少数养光的人,
像他,保持跟我和小孩一样的天真,
但既不像我这样看不见,也不像
小孩那样没人理会,而是穿着
也显得世故的衣服,裹着也像木柴的外壳,
甚至也已呈现炭一样的面貌。
但当他混在人群中,那番景象
我也叹为观止:人群从他身边
鱼贯而过,但人群身上残存的灵气
纷纷脱离人群,望着他的背影,
像滚滚尘土望着一匹骏马远去。

世 界 之 大

我发现我不喜欢旅行
是有道理的,因为
设想一个走遍世界的人
甚至不知道泉州,
更别说罗溪,
更别说晏田,
再设想这个走遍世界的人
是我,而我
竟不知道,更别说去过
我的故乡。

太 平 山 上

莱耳带叶辉和刘立杆来香港,
大家立即就互相喜欢了。
我们上太平山,在山顶广场上
忘我地聊天,主要是谈诗,
莱耳专心给我们拍照。
看着那些变成黑白的形象,
虽然都四五十岁了,但那些动作,
那些手势,那些笑容,
全是纯真的儿童
生活在乐园里的样子。看着他们
我们自己也禁不住羡慕起来,
并往自身瞧瞧,再彼此瞧瞧,
再瞧瞧周围的环境,不大相信。
接着莱耳给我们看最后一张,
并说那是我们谈论楼价的时候:
我们顷刻间愁眉苦脸,
变成三个外地民工。

谴　　责

谴责之神训斥我：
"你看你
写些什么。你以为你
站在智慧一边,甚至
站在正义一边。我连他们
也谴责,因为他们对你,
事实上对所有人,都太仁慈了,
不愿意揭穿你们的虚伪,
你们这些爱自我欺骗的人,
尤其是你,你谈什么幸福与痛苦,
悲伤与欢乐,你配吗。没错,
阳光对所有人都仁慈,还有
草木和蓝天,坏人也一样受惠,
那些鱼肉人民的人也爱他们的子女,
孝敬他们的父母,庇荫他们的亲朋,
也听音乐,读圣贤之书。
难道你真的这么聪明,
这么善于欺骗你自己,

难道你看不见,坏人们
怎样焦虑,怎样提心吊胆,
怎样检查你们的思想,
监视你们的言行,
难道他们的不安
不是比你的平静还懂正义
还懂智慧甚至还懂良心吗?
毕竟他们还知道罪孽,
知道他们必将遭惩罚。"

死　　神

"看你这么忙碌,这么刻苦,这么专注,
好像你还有一百年可活,不知道老之将至,
我总觉得可怜复可笑——甚至,我不怕承认——
有点儿可敬。你到底为了什么呢,如果
不是为了我?"
"如果不这样,我又能怎么样呢?"

"确实,你又能怎样。那你想怎样?"

"既然我还活着,你就不算完全击败我,
在某种程度上你也就不存在,而一旦我死了,
我就是别的什么,在别的地方,与你无关了。
你的存在,完全靠我们的恐惧来喂养,
而我这么忙碌,这么刻苦,这么专注
正是消除恐惧的方式。事实上,我的问题
恰恰是还不够忙碌,不够刻苦,不够专注。"

"但我可以随时取走你的生命,只要我喜欢。"

"你并不在乎我,对吗?作为几十亿苍生中的一个,

我自觉比你想象中的还渺小,而你也已经完全对你的作为

失去了乐趣,对吗?我自觉,你是在用几亿倍的放大镜看我,

你的放大镜稍微晃一晃,我就会像一滴水消失在茫茫人海里。"

"但你到底想怎样,这么忙碌,这么刻苦,这么专注,

难道就完全为了消除对我的恐惧?"

"也不完全是。我也许还可以通过我的艺术,

在我生前和死后安慰和鼓舞别人,帮助他们消除恐惧,

使他们也感觉到跟我一样的感觉,对你的感觉。

这就是我那别的什么,我那别的地方——坦白说,

也并非完全与你无关。"

"啊,你们都是自欺欺人,你们这些神圣的愚人。

那你说说看,你要我怎样对待你?"

"你甚至不能怎样对待我,当你取走我的生命,你甚至已不知道我是谁。"

"好吧,那别人呢,他们并不这样想。"

"我就是人人,这只写作的手也是犁田的手。"

"他们是你活着的负担。"

"也是我活着的理由。"

"他们是你最大的痛苦。"

"也是我最大的动力。"

年近五十

知道的事情愈来愈多，
认识的人愈来愈少。

没人爱，
也没人可爱。

以为还有二十年的高峰要爬，
才惊觉已下坡了二十年。

表面上无怨无怒，
事实是无力怨也无力怒。

——但这些说的
都是我这个人。我的诗呀

你还有千年的高峰要爬，
并且再也不用下来！

同　　　质

这天气,使我写诗前
有一种要先洗个澡的冲动。
当然我不允许自己这样做,
因为这是与现实的混沌感、
可触摸感和含糊感同质的。而我
将在写诗的过程中
完成净化。

致　　牛

牛啊牛，
为什么我总需要吃牛肉
而且恻隐之心不像
吃其他动物那样强烈，
是不是因为跟你一样
我也任劳任怨
而且任人宰割？

在正义的王国里

在正义的王国里很多人谈正义,正义能量贯穿他们,

在他们身上互相传输如电力,他们理直气壮,

仿佛身体也在发出强光。但他们,他们的身体,

都只是他们,他们的身体,都包含着告密者,奸细,叛徒,

迫害者,所有在他们理直气壮时悻悻然躲起来的小人。

有一天敌人来了,看着城池被攻陷,躲在他们身上的告密者,

奸细,叛徒,迫害者,都羞羞答答继而小心翼翼继而大摇大摆

继而威风凛凛地,现身现形现实起来,并开始制造受害者,

就在他们周围那些平时不谈正义,只听正义,与正义为邻,

只沾了一点儿正义的光,嗅了一点儿正义的

味,闻过

  一点儿正义的气息,无聊时过来喝一杯正义酒正义茶,

  身上还残存着正义之气的人身上制造。

奇怪的，奇妙的

多奇怪呵,有这么美丽的青山,
这么悦目的草地与河流,
这么震撼心灵的蓝天和蓝天下
宁静的房屋和屋前屋后的绿树,
这么强烈的阳光照射着
人和动物,沙和土,
沙土上踽踽而行的小孩,
这么动人的生命,存在,世界,
而竟然还需要,在那要极目才看得出的
远方小屋的窗口里,在某个架子上,
一些诗集,用一些蝇头小字,
来描绘这大好河山,这大好世界!

多奇妙呵,有这大好河山,
这大好世界,这五颜六色,
而我们竟不会用眼睛用心灵
感受它们,对着它们我们大好的眼睛
大好的心灵大好的五官竟然瘫痪

于是需要诗歌,用它奇妙的方式,
恢复和强化我们的眼睛和心灵,
使我们又可以——甚至可以——
哪怕在看不见这大好河山
这大好世界的黑暗中
也仍能把这大好河山
这大好世界清晰地看见!

别　　听

别听那些爱评判别人的人，
既然你不能避免与他们为友。
别被他们的小才能吸引，
随便你都能胜过他们。

而如果你追求他们那点小才能，
随便你也会有他们的小成就
并吸引别人，只是又要比他们
小几倍，而且其实不需要才能。

释 有 福

穷人好比自己不知不觉写出的一首好诗,
但他们不识字或不敢说这是诗而且是好诗。
富人好比自己处心积虑去经营的一首坏诗
并告诉自己这是一首好诗。耶稣说穷人有福了,
那是因为穷人真的有福,而不是要应允穷人将来有福。
因为穷人好比一首好诗。他不是说
你们将来会成为好诗或会写出好诗,
而是说你们就是好诗。读懂它吧。

盲　　人

他知道善,但他主要接触恶。
他知道光明,但他主要看见黑暗。

他知道他被禁闭在一个屋子里,
但他主要感到他被禁闭在一个国家里。

我们的视域与他的,也像那屋子与国家。
我们的勇气与他的,也像。

我们能行动而愤怒,
他能愤怒而行动。

有一天我们睁开眼睛,
看见他走在我们前面。

于是我们试图把脸别过去,
一半苍白,一半羞红。

气息解读者

在高耸的办公大楼下班时分的电梯里,
当拥挤但寂静的人堆中突然响起铃声,
一个打扮入时又成熟的女人打开手机,
里边传来一个男人的声音,具体说什么
别人听不清,但所有人都嗅到一股气息,

至于这气息是什么,他们也说不清,
除了角落里另一个看上去曾经漂亮
现在依然有足够吸引力在三五年里
再谈一两场恋爱的女人,内心升起
一幅幅生动画面,一阵阵逼真感觉,

并迅速把这股气息清晰化:显然,
那男人和那女人在认识之前各自
已有过几个女人和男人,他们俩
彼此的嘴巴也已互相熟悉得无味了,
多少甜蜜和咒骂,多少愤怒和柔情,

多少次威胁过要分手,又有多少次
商量过要结婚,多少次吵完架做爱,
做完爱吵架,这些都已变成了习惯,
而现在他们又约好在某个老地方见面,
重复多少次中的一次,也有可能刚好

这是最后一次,今天刚好是他们
关系中最后一天,毫无准备或预兆,
如同他们各自多少次关系中的一次,
如同她,角落里这个气息解读者,
多少次亲身经历并准备再经历的。

和赫塔·米勒

"你可以开口闭口几个小时
而没有说任何话。"

我们可以说任何话
而不必开口闭口。

"有些事情并不坏
直到你开始谈论它们。"

除非我们自己处境变坏
否则所有事情都很好。

"为了向前走
我必须向后看。"

为了向前走
我们不敢向后看。

"你在灵魂深处
亵视恐惧。"

我们在恐惧深处
亵视灵魂。

"没有名字
就不存在。"

我们存在的
也没有名字。

只不过是两年前

只不过是两年前,我还在湾仔上班,
在公司附近的雅苑西餐厅吃晚饭,有时候
顺便会见朋友;凌晨下班后走路回家,
约一个小时,经过铜锣湾、维园和北角。

只不过是两年前,我每天下午起床
就先带小狗到楼下散步十五分钟,
然后才上班,她总是兴奋地嗅这嗅那,
像个小孩,而且不听大人的命令。

只不过是两年前,我每个周末回父母家,
患老年痴呆症的父亲总是特别兴奋,
等待我带他下楼,散步十五分钟,
或半个小时,还喜欢我牵着他的手。

现在,公司已搬到我家附近,还不到
十五分钟路程,晚饭我都是回家自己煮,
小狗已看不见也听不清也不能散步,

父亲已住进老人院,认不出我是谁。

2011

继 续 教 导

我愈来愈理解父亲,因为
他愈来愈简单,虽然
也愈来愈神秘,像生命本身。
我像他一样,并不可怜他,
当他看见阳光时说"漂亮",
看见小孩子时说"温暖",
我完全赞同:
他继续在教导我;阳光
确实也是漂亮的,小孩子
确实也是温暖的。瞧,
当他看见一条小狗时说"好心",
也只有像他儿子这样
养过又失去狗的人
才能完全领会。

窗　　口

每逢去医院拿药,在医院附近下了巴士,
抬头望见斜对面六楼,三儿子家的窗口,
想起他的音容,他遗下的寡妇和孩子,
她就禁不住落泪,双脚迈不出去:

她已经九十二岁了,头脑还这么清晰,
行动还这么方便,筋骨还这么硬朗,
上天为何不让她少活三十岁、二十岁,
十岁,哪怕是五岁,而让他多活几年!

然而她还会继续活下去:现在她住在
大儿子的二儿子家里,帮他照顾小孩,
她的曾孙们,她内心这份深刻的伤痛
反而使她的生命有某种立体感,消解

各种日常的忧烦、怒气,甚至疲惫
和厌倦,只用行动、行动来接送小孩,
买菜煮饭,有空便凝望窗口的狮子山,

或下楼,在公园里跟其他婆婆们闲聊:

她已安于尽量不去碰内心这份已变得
坚固的伤痛,清楚明白地活下去,除了
每逢去医院拿药,在医院附近下了巴士,
抬头望见三儿子家的窗口,禁不住落泪。

女 侍 应

她只是我经常遇到的众多
餐厅女侍应之一,她们
总会向我展露美好的微笑
——不是职业的微笑,

而是天生的微笑。像她,
她们都不需要特别漂亮,事实上
像她,她们都只是朴素得
不能不显得好看。

她们不像那些真正漂亮的女人
把甚至更纯洁的微笑
包裹在自私、自我、自足中——
也许迷人,但不溢出自身。

没出息的风暴

一场没出息的风暴:昨夜
狂风也来了,大雨也下了,
早上起来,应该万物清新,
城市街道涤荡得干干净净,
人们的心情也换了天地。
但是不。空气比最闷烈日子
还污浊,远远近近烟霾弥漫,
看不到对岸,看不到太阳:
像一个政权,宣布要改革,
并且确实也进行了,也算轰轰烈烈,
但很快我们发现,腐败味更浓,
我们匆匆忙忙上班下班,
孝敬父母,关心子女,
友爱同胞,但生命中
某个角落总会升起一片无意义感,
一种无清晰度感,期待
一场真正的大风暴。

美好的事物

——小狗挽诗

美好的事物,都是
要么已失去的
要么得不到的:
我对你的怀念
都是因为我不能再
更珍惜地重新经历
我们经历过的一切,
可我也知道,即使
你还活着,或者复活,
看到你伏在那里,
我大概也只会像从前那样
俯下身摸一摸你,
然后坐回去继续工作,
根本就不会珍惜,
根本就不会。

失去你之后

——小狗挽诗

失去你之后,我才发现
你对我是多么的重要,
不是因为你带给我
任何具体的欢乐或麻烦,
而仅仅因为你的存在,即使
我一天中可能没多少次意识到你
更别说陪你玩,即使
你不来打扰我,
仿佛你不存在似的。
而现在我才明白,
你那不存在似的存在,
对我是何等重要,回想起来
仿佛我生命中许多艰难时刻
都是靠着你的存在
而度过的,我那简单的生活
都是靠着你的存在,你那仅仅的存在,
而丰富起来的。

凭他的聪明

他没有主动追求她,是因为
她声音里有一种阻塞感,而根据
他多年来对同样多人的观察
她是个容易暴躁的女人,
他已从她讲述她与别人的关系
和她讲述时的语气知道
她情绪容易激动,而如果是
在亲密的两人关系中
她的爆炸力有多强大
他的承受力又有多高
则是他,尽管他那么聪明,
所难以设想的;也许如果他
冒一切风险主动追求她——
她等待他的主动,他知道
——也许如今他们已两败俱伤
离婚多年。如今他依然独身
如同她依然偶尔约他出来
见见面。凭他的聪明

他同样没有把握的是
如果他主动追求她，
他们相爱、结婚、生孩子，
她阻塞的声音及其意味的一切
也许已迎刃而解，而且
愈加顺畅、清澈和圆润
如同她的样貌。

走　　调

我的故园,虽然你已经没有,
或就快没有了,那大好河山,
但我所到之处,无论是我的家乡,
还是深圳、广州、上海
——我相信,只要我愿意去走一走,
我也会说无论是北京、海口或武汉、重庆——
我都看到伟大或渺小的人民丰衣足食,
畅所欲言。尽管我感到,那只是
畅所能言:只要他们拿起笔,
虽然写出来的,无论端正或潦草,
用手还是用键盘,字还是一样的字,
甚至意思也是一样的意思。
但那声音
已经走调。

倒　　水

记忆中还没见到这么铺天盖地的骤雨。
退避到大楼的门内还不够。让你感到
精神深处、内心深处都被淹没了。
"倒水。"站在我身边的男人嘀咕道。
我想,他不是说,这大雨像倒水
——倒水又怎样跟这阔海似的大雨相比呢。
而是说,我们平时所见的雨,哪怕是一般的暴雨,
之于这场暴雨,就像我们平时用水,哪怕是冲凉,
之于倒水。

他们真美,他们不只是人!

那是个临近傍晚的下午,我坐在街边,
被来往行人在阳光中的晃动吸引住了:
那是个奇特的角度,我看不清他们,
只看见阳光在他们脸上、肩上和头发上晃动,
火焰般的阳光,一撮撮,一丛丛,轻微地跳跃。

干完活,太阳升起

干完活,太阳升起,
感官多么愉快!想跟空气说说话,
跟小狗说说话。也听懂了风扇的寂寞。
也看懂了窗框。也明白了鸟声。

不 去 理 会

看着我凌乱的书房兼工作室,
我常常感到绝望又悄悄怀着希望,
我想:别去理会它,只要我还能
工作和写作。对生活,我也是
这样在绝望中怀着希望,我想:
不去管它,不要试图去改善它
或整理它,只要我还能工作。
因为我又想,无论是我不理会的
书房,还是我不理会的生活,
最终不但不影响我的灵魂的生长,
而且会逐渐凋萎、衰朽、腐败,
变成我的灵魂的肥料,
像一株开着鲜花的植物下
那些枯枝败叶和烂泥。

细　　节

我并不是日复一日上班下班可以概括的，
我对自己说。想想吧，
昨天晚上我在路上遇见她，她曾使我
对着山上的树林也流泪；昨天下午
我在海边站了一会儿，注意到
蓝得发绿的海水在起伏；昨天早晨
我在山上遇到暴雨，在避雨亭
站了十五分钟，而且为了不被
大颗大颗密集的雨点打到双脚双腿
我是站到凳子上的，然后在离开时
用裤袋里的一团厕纸
把我留在凳子上的脚印擦净。

发　　现

当我发现多年来我以为是孤零零
在山顶上的高空中盘旋,并一直
被我视为精神上的楷模的那只鹰
并非孤零零,原来在它下面,
在低处,还有几只鹰在树林间
快活地游戏,快活地飞翔。

我是多么高兴,又多么失望!

大　盆　栽

那天在滨海街杂货店避雨,
看见对面茶餐厅楼上露台里一个大盆栽,
枝叶已被厨房烟熏黑,但花依然盛开,
在暴雨中快活地摇晃,使我至今
仍感觉自己还在下面仰望。

起 舞 迎 风

暴雨过后,空气、街道
和高楼大厦都干干净净。尤其是风
不大但把我整个存在都吹起来,
以至我相信是我整个存在先吹起来
然后遇到风,就像对面山上快乐的树林
我同样相信它们不是迎风起舞
而是起舞迎风。

其

我不能说出其姓、其名,
其国、其家,其性别、其籍贯,
其生日,其配偶、其朋友,
也不能指给你看其照片或其家人朋友的照片,
或其原来的住所或其现在的地址,
也不能说出其现在站或坐或躺或晒半小时太阳于何处,
或其处于何种境况,其言论、其行动、其性格
例如勇敢与否、怯懦与否、暴躁与否、和平与否,
其职业或其工作,其爱好或其厌恶,
其是大款或盲流,下岗者或暴发户,
其是公民或囚犯,海归派或宅男女,
其政治倾向,其社会地位,其教育程度,
或其文学修养,艺术品味,健康状态,
其是否有手机,如果有其号码是多少,
其跟谁在一起,或谁跟其在一起,
其醒来看见四壁或风景,黑暗或光明,

听见沉默或喧嚣,日常声音或非常声音,
其每天怎样过,度日如年或度年如日,
其座位是否空着,其空位是否有人坐着,
其富贵是否如浮云,其于无声处是否起惊雷,
其理想,其渴望,其权利,其诉求,
——我都不能说出,我只能说:
其国也殇,
其民也忧,
其言也善,
其鸣也哀。

小　树

楼下这株小树
我肯定经过不下两百次
但从未真正注意过
直到秋天的干爽、晴朗
和下午三点独有的宁静
使它如此清晰地直立
在一道小门前。

斜　　阳

秋天那
从夏天的炎热
变凉了的
又从中午的强烈
变淡了的
温暖的阳光
斜照小街。

提　高　些

这
久违了的
对事物的喜悦
使我相信
今天、明天
和未来的日子
如果有什么
不顺遂
也会被抵消了
很大部分,剩下的
那一小部分
像电车费
已经很少了
使你觉得
还可以
提高些。

豪　雨

雨这么大,用它那
把周遭的喧闹吸纳
并消化的强大噪音
淹没一切。接着
——甚至没有接着——
它骤然停了,如同
被关掉:阳光恢复,
喧闹恢复,山上树林
恢复存在,行人
恢复走动,带着他们
避雨时淋湿的裤管
继续保存的
不适感。

大　　忌

十多年不见了,十多年前
他写诗,写文章,很有才能,
但他对经商、下海同样热情,
而且最终被这热情带走了。
她清楚记得,他当时说:
"别墅、洋狗、汽车、女人。"
看到她有怀疑,他反问:
"难道这些不是很好吗?"

见面时,说到诗和文章
他承认甚至都不看了,而才能
早投入到热情里,而热情
早已消失,就连皮肤
也已枯黄,额头浮现暗光,
她原怀着极大的热情,
想问他别墅、洋狗、汽车、女人
滋味如何,而且热情期待

她预期中的否定的答案,
但从他的口气,他的职位,
从他住的旅馆,穿的衣服,
她知道,别墅就别问了,还有洋狗,
至于连当年很穷的朋友们
现在都拥有的汽车和女人,他理所当然
应该拥有,尽管她担心
就连这个也是大忌。

变 化 之 神

旧总统退位,新总统就职。
以知识分子的责任为责任的知识分子
颓然掷笔,问上苍:这恶性循环何时了啊!
变化之神带他到一家猪肉店,师傅
又砍又切,少说也有二十个顾客
在排队,时而短些,时而突然拉长。
"看见了吧,
如果他不是总统,他就会是这个师傅:
他甚至不是屠夫,不会亲手杀猪
就像他不会亲自杀人。他身边这个帮手,
有点无聊,显然还觉得有点失落,
有点怨气,谁都看得出来。
你再看清楚些:他就是你。"

恢　　复

不走人行道而走沿人行道停泊着一辆辆汽车的大街吧,

或走人行道铁栏外那十寸宽的边沿;

并时不时用左手扶一扶或摸一摸铁栏,或用右手摸一摸或碰一碰汽车窗玻璃或倒后镜,或留意排水管检修孔盖上经年累月的拙稚图案。

不看前方,不看行人,不看景物从身边掠过而只看阳光中行人色彩斑斓的长腿在节日似的红色铺路石上英雄似的步伐吧,

或把头偏向右边看咖啡馆门口那辆罩着防水油布的摩托车和那三张折起来底面朝向你的桌子吧,此刻你远远看那里并想起你和朋友在那里消磨一个个下午,心情似乎比实际在那里消磨还愉快!

向马路边那辆废弃的破手推车行注目礼吧,它

就是你不久前遇见的古代智者表示自己老死时要成为的样子——啊,向他歪斜的躯壳鞠躬吧!

在你心灵的笔记本里,为那个坐在垃圾回收厂门口头戴红色安全帽身穿荧光漆条工作服的修路工画一幅粗线条的素描吧;

让出汗的大腿与燠热的短裤之间那层黏糊糊的感觉多逗留一阵子吧,它的预期寿命最长也只有几个小时!

向小巷口那个老人和那条狗发光吧,他们在享受整个街区唯一畅通无阻的黄昏之风,他们都精通城市与大自然的关系术,都是懂得和愿意的实行者,虽然他们互相并不认识。

承认吧,承认天地并不知道你。承认并接受!
撤下对人对事的激与愤吧。对所知保持一种无知,对消逝的保持歌唱。

时　　刻

忘了具体时间和地点的,阳光穿过枝桠,照临海湾,或停留街角,晃动在老人肩膀少女脸上的时刻。

那么深,沉,暗,想浮出水面,不为新鲜空气,绚烂阳光,只为宽宽,浅浅,淡淡地漂泊的时刻。

想象她从下午三点到晚上八点,在一个窗口朝向大海的高楼房间里,一边回忆逝去的旧事,一边喜悦于周围世界的活泼的时刻。

总结一切都是假的,都将过去的时刻。

清晰地看见所看见事物微妙变化的时刻,例如像一个小男孩一手牵狗一手拿着露出两个大标题字的报纸,黑短发在阳光中透亮这么简单的时刻。

两个朋友在坐公共汽车去见另一个共同朋友

的途中,心灵都被窗外掠过的宁谧景色吸引,一个脱口说"真美",另一个紧接着抒发更充分的赞叹的时刻。

耳旁响起巴赫的旋律,而窗帘与窗框碰触处被一阵风揭起,露出盆栽的绿梗的时刻。

精神奕奕坐在饭桌前看书,突然想到回睡房里俯卧一会儿该有多幸福啊,但因为这想的幸福远远超过实际在床上俯卧而没有付诸行动的时刻。

默诵见过的人还会再见,离开的地方还会再回来的时刻。

心灵像泉眼潺潺涌动,只要想起一张脸,一个表情,一个姿态,一个侧影,就感到有能力把它细细描绘,徐徐铺展,渐渐叙述成一部精彩的大书的时刻。

在朋友下榻的酒店附近先绕一圈,看准了某家后来证实没看错的茶餐厅或排档,然后才慢悠悠走进酒店,带朋友出来宵夜聊天至凌晨三四点的时刻。

发现秋天里小腿如此喜欢牛仔裤,身体如此喜欢小腿穿上牛仔裤,裤管盖着球鞋的,那种踏实,亲密,温暖的感觉的时刻。

回忆她深夜带着她的吻来到我唇下的时刻。

感到身上某个角落还潜伏着一股巨大能量,大地上某处还有一罐被埋藏着的未打开的幸福日子的时刻。

经过修车厂,瞥见两个女孩坐在小围场中央的凳子上,直觉其中一个是车底里那男青年的女友,另一个是她朋友,陪她来等她男友下班,同时也正与另一个男修车青年互相产生好感的时刻。

你可以是你自己,但你放弃了,你可以是世界,但你放弃了,你可以是另一个人,但你放弃了的时刻。

像帝王那般生活,像公正的父母对待儿女那般对待痛苦和欢乐,悲伤和喜悦的时刻。

小　　花

现在我像从四十六楼窗口俯视十几楼窗外飘扬的花格子衬衫那样俯视我的青春。俯视她,小花。

她大我两三岁,帮她哥哥打理他承包的一个制衣厂部门。她抽烟,少见的。她脸上有粉刺,电蓬乱的头发,皮肤非常白,牙齿也非常白,身材非常纤长,用现在的眼光看很性感。

用现在的眼光看她像个艺术家。我会爱上她。

但那时我已在梦想着一个我还要爬二三十层楼梯才会遇上的女人。她的温柔和善意我拒绝理解,我甚至把她的名字和她的粉刺牢牢联系在一起。

那时我拒绝理解一切,无论是路边草,街边树,还是飞鸟和白云。

没见过她生气,回忆中只见她软声细语,美目转动。用现在的眼光看她真是楚楚动人。就像我现在看路边草,街边树,还有飞鸟和白云。

伟大的鼓励

像那丛圣诞花。

叫它圣诞花是不对的,因为它不是花。叫它圣诞红,或一品红,回避叫它花,也是不对的,因为它比花还像花。它的茎是绿的,但有一抹儿紫,一种提示;整株植物下半身也是绿的,但叶梗是渐渐上升的紫,先是淡紫,然后是暗紫,到了上半身才开始浓烈起来——同样是一种提示。

提示上半身茎、梗、叶的火红。叶即花,花即叶。远看是花,近看是叶。远看是惊艳,近看是惊异。如同一种信仰,一种没有上帝但也会感动上帝的信仰。如同基督,既是人也是上帝,因为他是上帝的化身,上帝的儿子。如同薇依,不入教但至死忠于基督,既不是圣徒又是圣徒。

我们身上也有这样的提示。我们也可以这样渐渐上升!

国 王 电 车

我希望又不希望好人这么少。

午夜。

我在红灯前等过马路,看见电车刚好驶过,知道赶不上了,便慢吞吞往电车站走去。但电车还停在那里……司机在等我!

就像他是国王,他的马车在等我;或者我是国王,我的马车在等我。或者他是好人,正在等我;或者我是好人,受了神恩。

我坐在上层靠窗的位置,寻找天使的痕迹。窗沿的旧木框微微发光。

我想起几次看见电车还停在那里,等某个追上来的乘客。不管他是好人,正在等他们;还是他们是好人,受了神恩。

我希望又不希望他是同一个司机,这个司机。我希望又不希望好人确实这么少:

有一天他的电车将坐满他等过的乘客,他们互相不知道彼此是好人,但都知道他是好人,都希望又不希望好人这么少;

谁也没意识到车灯渐渐暗淡,因为车里通明。因为所有眼睛和心灵里都有个天使在发光。

余　　光

十多年前他曾在同一个乐团,在同一个位置,演奏同一支马勒。

十多年了而他完全没变,除了现在抱着小提琴的样子更像一个爷爷了,一个贴着孙儿的脸蛋,看上去好像也跟着孙儿在阳光中半睡或养神的爷爷。

他跟他那些只在两个小时演奏期间才释放他们凝聚的生命之光,然后各自散去,疲倦或寂寞,回到各自生命里的同事们不一样。

他已没有自己可以回去的生命。他已全部是光。余光。

在 医 院

这畜生,身高八尺,那病服如囚服,只会让我想起草寇。

他在病房的长廊里走动,趾高气扬,不放过任何跟女护士搭讪的机会。

他那拉碴的胡子,那闪着声色犬马之光的牙齿和豪笑,只会让我想起古代。

在古代,我会是一方霸主,我们要么是手足要么是宿敌。很可能我会杀了他,因为他欺我深藏不露。

他那拉碴的胡子,那闪着声色犬马之光的牙齿和豪笑,那仿佛还散发着浓烈酒味的粗脸,那原应是又黑又密又飞扬但如今秃了大半的头!

他这大半辈子在哪里度过?码头?地盘?加

油站？不，一定是某个我怎么也想不到但说出来又会觉得再合适不过的位置，如同我：成了一个昼伏夜出的诗人，白天用一个文学翻译家的铁甲包着，晚上用一个新闻翻译员的钢盔护着。

当他不放过任何跟女护士调情的机会，我枕边放着一本夏尔：在医院的三天三夜里，一个字儿也没看进去。夏尔：抗战的英雄。

但很可能，我是一方霸主而他是我的猛将：瞧，我只不过问了他一声"睡不着？"他便三天三夜不放过任何跟我打招呼的机会。而我爱理不理，心里暗想：这畜生，要是在古代，他必为我赴汤蹈火，而为了他的惨死，我必动用整个王国和整个生命替他报仇。

沟　　通

当你在大街上看见一个忧愁者,例如我,你常常是错的,因为我不是忧愁者,忧愁是我的命根,我的活力之源。

当你看见一个愤怒者,例如我,你也常常是错的,因为我不是愤怒者,愤怒是我的妻子,而我是个好丈夫。

当你看见一个烦恼者,例如我,你又错了,因为我不是烦恼者,烦恼是我的父母,而我是个孝子。

当你看见一个喜悦者,例如我,唉你又错了,因为我不是喜悦者,喜悦是我的朋友,我们一年难得见一面。

当你看见一个失魂落魄者,例如我,你还是错了,因为我不是失魂落魄者,我正在尝试跟世界沟通,这个已被你和我失去了的世界。

冬　　日

　　一种莫名的感觉。也许来自我与我刚从楼上下来走进去的世界之间。来自

　　我迈向世界的宽广之后视域宽广之际。街道的巨幅布匹,耀眼的。眩目的。

　　垂直的大面积阳光。莫名的起落,也许来自背后贫瘠的消失和面前丰富的涌现。前一刻的空虚和后一刻的充实。我与行人,行人与行人之间流动而透明的距离。

　　爱与不幸挽了挽手又松开。莫名的恍惚。也许我只是一株生长在我要经过的地方并将在我经过时勾住我衣袖的植物的梦。蓝天的巨幅布匹,耀眼的。眩目的。

　　莫名的往返中。灵魂里一个繁忙的上下班世界。互相看了看又继续各走各的,两颗心都不知道另一颗也闪过想留住这瞬间的念头。大海的巨幅

布匹,耀眼的。眩目的。

莫名的……深远。在想取悦,想讨好,想献殷勤的尽头,美德弯下腰来系鞋带。痛苦上升至几乎与美平衡,就差如果我的视点是一只蝴蝶,轻轻飞临,栖息其上。

情　　人

　　我的情人来自天上。她有四张面孔：私下，浪漫的；公开，端庄的；躺在我身边时少女似的；坐在我身上时梦一般的。

　　我说，你越来越美丽了。"都是您给的。"她说。

　　朋友们都说她像一朵盛开的花，她说。然后贴着我的脸："也是您给的。"

　　她的情绪也来自天上。泪珠儿还挂在她睫沿上，笑容的阳光已从她目光深处射出。

　　我是她和我自己的新大陆。我身上有一股我不知道的特殊香味，甜的、暖的、有弹性，而且百搭，无论是混合洋葱味、烟草味，还是薄荷味、咖啡味，都总有那股不散的、主要的、可持续的香味，她怎么也闻不够，她说。

有时候她会惊叫,或傻傻地笑,那是因为我上唇噘起一个每天只出现几次的尖峰,婴儿似的;一见到它,她就不行了;为了它,她什么事情也愿意做,什么困难也愿意承担,她说。

我嘴角附近有一个我不知道的小凹处,她怎么也吻不够,她说。

我还发现,原来我有一双漂亮的大手,她非常、非常、非常地想念,她说。

我想趴在她身上睡觉。"求之不得。"她说。

当我说,你像水,我如鱼得水,但也永远跳不出你了,她便欢喜地澎湃起来。

她知道的,她感觉的,都局限在表面上,在真理以内。

不上班多好

不上班多好,在被闹钟叫醒的
那一刻!不快点起床,不快点
刷牙、洗脸、穿鞋袜、穿衣服,
可以继续睡或不睡,免除对世界的责任,
对别人的责任,对自己的责任。
不是已成习惯的周末不上班,也不是
做了充分准备和计划的年假不上班,
也不是没工作的无所事事不上班,
而是在被闹钟叫醒的那一刻
不上班多好!就像要是一生中
有那么几年、几个月、几天,
甚至几小时,甚至一刻钟
不做人多好!做一枝花一株草,
做一滴水一线阳光,啊,
哪怕做做别人!哪怕
做自己挂在墙上的
那件外套!

洞 背 村

当内心平静变成干扰,
当我又要租房子,开始
小心量入为出(还不是
入不敷出,还不是欠债),
我就想起洞背村。

我突然鄙视起我这份
做了近二十五年的工作,
突然对办公室感到恶心,
对我的坐姿感到滑稽,
当我想起洞背村。

我甚至没兴趣写诗,
没兴趣看书,虽然
我看上去还在工作,
每天还如常上下班,
当我想起洞背村。

我的冲动是如此强烈,
我对我曾经欣赏的街道和行人
是如此冷漠,那偶尔望见的蓝天
甚至开始鄙视我和恶心我,
当我想起洞背村。

洞背集(2014—2016)

蝴　　蝶

我蹲在浴室里洗衣服的时候
看见一只蝴蝶在地板上扑拍,
好像受伤,好像生病,
又好像找不到出路。
我用双掌把它捂起来,走到阳台上。
我只是很自私地
不想看见它死去,
尤其是死在我的屋子里
——其实,我必须承认
我只是想把它抛出屋外。

但你呀,你仅仅是蝴蝶吗?

它先是像我预料的
枯叶般往下飘,
接着突地往上飞——我不知道
是飘还是飞,还是舞,
因为它有规则地以之字形

迅速向高空飘啊、飞啊、舞啊,瞬息间消失。

绿　　道

我沿着村口的绿道
到山下的溪涌市场买菜。
我感冒还没全好,
鼻子里隔一个小时
半个小时
就会塞一坨鼻涕,
不擤不快。
回来的时候,
我一路想找一个脏些
乱些的地方擤鼻涕,
但绿道是如此干净,
靠山的一边长满如此多美丽的花草,
另一边的公路也如此安静和整洁,
我只好从身上搜出一块手纸
把鼻涕揩了,
然后塞到最脏的地方
——我的裤袋。

慢

我下山买菜的时候,
注意到公路边一块交通指示牌
"慢"
被一棵小树的枝叶遮住了。
我很想走过去
把枝叶往指示牌后挪一挪
免得小树将来被砍,或枝叶被剪,
但又想如果挪它,它一定会难受,
而我又不能告诉它
这是为了它将来好。

艺术与生活

艺术与生活之间
不存在平衡:
你要么以生活为中心,
生活然后死去;
要么以艺术为中心,
并且可能也只是
生活然后死去。

一 生

我发现我在新屋子里
大多数时候不是在翻译
和写作,或者看书,
而是在整理这,整理那,
并且兴致勃勃,而一个人
很容易就在收收拾拾
洗洗擦擦中过完一生。

转　　行

朋友从北京来，
我怕她晚上睡觉会热，
就到山下超市买了个电风扇，
这回是女老板的弟弟小张结账
(原来他才是大老板)，
他看见我们抱着电风扇
上山不方便，又正值阳光猛烈，
于是把他汽车里的一大箱货物
扛回超市，空出地方放我的电风扇，
然后开车送我们回山上。途中
他说他是学法律的，但法律
其实要靠权力，
所以他转行做生意。

味　　道

在上山、下山
或在村子周围闲荡时
常常能闻到各种味道,
雨后铺路砖散发的蒸发味,
浓密杂草丛散发的
类似牛粪的骚味,
树林下烂叶散发的
夹着清新感的腐朽味。
但是今天傍晚下山时
我从一条通往山涧的
杂草和灌木掩映的小径入口
闻到从深处散发出来的
不可能的味道:
捣碎的蒜头炒蕃薯叶!

蟑　　螂

昨夜,第一只蟑螂飞临
我五楼家的客厅。
我赶快弄来一张卫生纸
想抓住它再把它抛出屋外。
但它动作很快,半飞半跑,
被我赶到阳台上,我在那里
花了足足十五分钟追逐它。
它既不是轻盈得可以飞出半人高的阳台,
又不是笨得可以一下子
被我用卫生纸兜住。
我满头大汗,它似乎也又紧张
又疲累了,终于在阳台角落
被我狠狠心用力把它捉住,抛出屋外。
我以为我救了它一命,
但后来想,既然我并不想伤害它,
而我又不怕蟑螂,
为什么就没想到不去干扰它,
让它留在屋子里,和平共处?

宠 物 蛾

我电脑桌边伏着一只蛾,
微暗中我还以为是一小片茶叶。
我用双掌把它捂起来,
捧到窗口把它放了。
但我立即就后悔了:
因为我想起它伏在我桌边的样子
酷似我香港家那只小狗,
温顺而安全地
守在主人身旁边。
也许它想做一只宠物蛾,
想亲近一个人,
温顺而安全地
睡在他身边。

在晴朗的日子

每逢我洗了大件衣物
总会遇到下雨,
而且是隔一会儿就来一阵。
后来我才承认,在晴朗的日子
我整个注意力
都被外面的风景吸引了
或坐在书桌前
边工作边享受凉风
或干脆拉一张椅子
在阳台上半躺着,
而忘了或懒得去
洗大件衣物
——倒是勤于洗洗晾晾
毛巾、内裤、背心,
看它们在阳光中飘扬。

监　视　管

两天没下山，今天傍晚
绿道中间两块灰砖被挖开，
形成一条绵延几百米的浅沟，
铺了一条白色塑料管，
我最初以为是水管，问一个工人，
他说是"监视管"，我没听清楚，
走了一百多步再问另一个工人，
从他话里我听出"摄像头"几个字。
绿道有些部分已被重新覆盖，
表面上留下一层沙土。
要是我再过两天才下山，
绿道全部重新覆盖好，
只是多了一层沙土，
我可能会充满疑惑，
作各种假设，猜想
这到底是怎么回事，
并且谜底将永远解不开；
而要是刚好又来了一场暴雨，

把沙土冲走,也许
我将不知道绿道中间被挖开过
又重新覆盖过,还埋了
一条白色的监视管,
可能还会把遗留在绿道上的些许沙土
当作是那场暴雨带来的。

老　　宋

老宋在山下一家餐馆打工,
他是梅州人,常常在傍晚拿张凳子
在马路边闲坐,我经过时
总会跟他聊一会儿。
他有两个儿子,都已出来工作,
老伴替大儿子照顾小孩,
他自己出来打打工,
主要不是为了赚钱,
而是没事做太闷。
他说这人生哪,逃无可逃,
去无可去。他原来戒烟了,
太闷了又恢复抽烟。
每天傍晚四五点,他会去附近海边
独坐一个小时,虽然同样闷
但毕竟像监狱的放风场。

攀登大岭古

我们没有准备
就心血来潮
从绿道拐上那条
后来才知道是通往大岭古
再继续通往不知道什么地方的山路。
老孙和老张落在后面,
我和大狗淘淘越爬越有劲
——可能都是既因为新鲜,
又因为好奇,我猜我可能
还急着想知道爬过一个山头之后,
是不是可以下山了,
但总是一个山头后又一个山头。
我们回望我们的山村,
我们远眺无尽的大海
——"都能望到美国了"——
但我们的欣赏和可能的兴奋
都因为天快黑了又没带水
心里又没有地图

对前路毫无把握而大大降低了。

抵　　挡

当天空晴朗，
我站在阳台，感到
凉风阵阵，吹得我浑身爽快
头发散乱，而且连身体也得调整
作出抵挡的姿势时，
不远处农地旁和稍远处山上的树林
却几乎都纹丝不动，
至多也只是像在呼吸；
可是当暴雨骤至，
我同样站在阳台，
感到雨势强大，
但并没有感到有什么风时，
农地旁和山上的树林
却在风雨交加中剧烈摇撼，
而且好像是在遭受残酷摧残
并作出剧烈抵挡的姿势。

盛夏里的暖冬

傍晚,阳光把我的卧室照得!
这也许是卧室里一天中
阳光最充沛的时刻。从窗口
到地板,到书桌,到书架和墙壁——
我刚好洗了头,就站在窗边
晒头发。同时,阴风阵阵,
完全抵消了阳光的热度,
那感觉就像在暖冬里。
阴风持续吹拂好几分钟,
最初我感到很凉爽,
接着感到全身都是野草
在风中摇曳,
最后感到风从我身上吹出来,
逸出屋子,奔向屋外的树林,
奔向蓝天,奔向远方的大海。

狗 兄 弟

对面楼一只黑狗
不知何时爬上了院子里
那面陡峭的斜坡顶
在毗邻农地的围栏底
寻寻觅觅。当它准备往回走
它显然被自己刚才爬上来时
并不觉得陡峭的斜坡吓了一跳,
愣在那儿,不知道该如何下来,
尤其是斜坡荆棘丛生
(前几天,工人从斜坡爬上去修围栏时
我注意到他们是系了安全绳的)。
它小心翼翼,蹑着脚往下移,
这时院子地面上一只黄狗,
显然非常紧张它同伴的安危,
一会儿像要赶上前去帮忙
又苦于自己帮不上忙,一会儿
急得团团转,一定是在替那黑狗
捏一把汗。黑狗慢慢挪下来,

一踮脚,消失在一片浓密的荆棘丛里,
有几十秒没动静,我也替它捏了一把汗,
黄狗则伸长脖子望着。
终于,黑狗出现了,回到地面上,
两只狗高兴地摇头摆尾,
互相推搡着,往屋里小跑,
有那么两三秒钟,黄狗
把一只手搭到黑狗的肩上
——如果我不是看见全过程,
一定会以为它在发情,
想骑上黑狗。

开　关

我的房子窗多,超级通风,
我甚至需要像调整冷气机那样
调整它们,例如在厨房剥干蒜皮时
得把厨房窗关上,否则
蒜皮会到处飞,而在炒菜时
就把窗打开,让风把油烟吹走
——我还没有装抽油烟机,
而我怀疑我是不是真需要装。
再如我工作时,如果书本或校稿
被吹得连镇纸都镇不住了,
或我开始流汗了,我就对各个窗
作出适当调整,有的开大些,
有的开小些,有的左开右关。

兜

下午我在阳台上,
房东的母亲李太
在不远处的田边招呼我:
"阿叔,我给你一些蒜头。"
我下楼,她指着桶里的蒜头说
怎么没带个东西盛呢。
接着指了指我的肚子说,
用这个吧。我立即明白
并照做了,因为
这是我小时候熟悉的动作:
把我背心的下端腾出来,
用它兜蒜头。

水 龙 头

我每天都提着
一红一蓝两个塑料桶
到村口路边那眼
用塑料管引出来的山泉
打水,每次打完水
我总是习惯性地
想顺手关掉
那个并不存在的
水龙头。

车 主 们

我相信,只要我坚持不懈,
必然可以在一年半载里
在洞背村建立搭便车的文化。
我确实也很努力。有一次
我坐便车下山,车主
是一位住在盐村的装修师父;
另一次下山,坐的是村里一对夫妇的车,
他们正要送读书的女儿到城里去实习。
有一次上山,坐的也是一位装修师傅的车,
车里已坐满工人,其中一个说
是因为看我年纪相当大了,
才让我上车,如果是年轻人
他们才——我猜,他是想说
才懒得去理会,或才不敢理会:
怕打劫!另一次上山坐便车,
车里人要到农场餐厅吃晚饭,
车主说其实他在村里也租了房子
——但不常来住,听他口气。

另有一次坐便车下山
是在路旁那眼山泉边：
车里人既不是村民,也不是来吃饭,
他们从山下开车上来
纯粹是为了让车主的小女儿
用清新的泉水洗个脸。

先　　知

楼下不远处的鸡鸭场里
不分昼夜,总有一只
听上去像公鸭的
隔一会儿就呱呱大叫。
我猜它可能是一个
太爱发号施令的领袖,或一个
太喋喋不休的异见分子。
也有可能,它只不过是
快乐得不能自制;但我宁愿相信,
它是鸡鸭中的耶利米
在呼天抢地
警告末日将临——
它那撕裂肝胆的呱呱叫
越听越像哀号。

报 信 鸡

下山经过洞背泵站,
看见一只母鸡在大门口附近
一边觅食,一边翘起尾巴
警惕地看着,我想是在看我。
我站在离公路路面一两米高的绿道上,
隔着绿道铁栅,嘴里发出嗒嗒声,
跟它打招呼。它奔向大门铁栅前
来回快步走着,发出一连串嗒嗒声
——你一定以为,就像我最初以为,
它是在兴奋地回应我。
才不是呢,它唤来一条凶狗,
那条凶狗不知怎的
竟能一下子穿过大门铁栅
越过路面,朝着我狂吠。

泥 壶 蜂

最近,在通往阳台的门边墙上,
一只泥壶蜂做了一个巢。
由于要回香港两三天,
所以我窗户都关牢了,
但筑巢蜂出入的阳台门
我决定不关:它显然不知道
有人可以左右它的命运,
还每天观察它的动向,
就像人,也有更高的存在
左右他们的命运,只是
有些人相信,有些人不相信,
但不管相不相信,都没人
可以证明。就说蜂跟我吧,
我们已打过照面,但它
显然不把我当一回事,
我知道我可以左右它的命运,
但它不仅可以不相信我能这样,
而且还可以证明我不能这样,

因为我确实不想这样,
也不想证明我能这样。

英雄史诗

一只壁虎
掉进我用肥皂水
泡底裤的洗脸槽里。
它来这儿干什么,
想喝肥皂水,
还是想闻我的汗臭味,
还是想洗澡,
还是仅仅出于好奇
而来探险?
显然它没料到
它那飞檐走壁的身体
被滑溜溜的肥皂水一泡
就再也爬不出去了。
我用那条底裤把它
托起来,救了它一命;但是
也许它回去会向它的父母
(如果它是子女)
或向它的子女

(如果它是父母)
讲述另一个英雄故事:
我去探险,掉进
一个深坑里,那个
奇丑无比的巨人
伸出巨手,把我托出来
眼看就要一把捏死我
送进他的巨口,
好在我经验丰富
又反应敏捷,趁他粗心大意时
施展伸缩术,一弓一滑
就顺着他的手势
逃出他的魔掌!

流　　逝

临近傍晚,在夕阳
依然照出我下山的身影时
我突然很想去沙滩逛一会儿。
穿过那条长满又高又密的芦苇
使人本能地警惕起来的小径,
我来到沙滩的最外缘
准备进入沙滩时
听见身边就快入海的溪水
潺潺的流动声,似乎在跟我说:
"坐下,坐下,陪陪我。"

我顺从地坐下,
抽了几根烟,也不看远方的海景,
也不留意近旁的游客,
甚至也不敢肯定是在听水声,
而只是坐着,身体空着,
直到天光渐渐暗淡,
水声好像也渐渐微弱

但似乎还在继续呢喃:
"别走,别走,生命
在哪儿都一样流逝。"

夕　　阳

我提早下山,为了去溪涌沙滩
待一会儿。我从沙滩右边
走向我从未去过的左边尽头,
那里有一间砖砌小屋,
我想知道它究竟有没有人住,
如果有,会是什么人。
秋天了,沙滩真如传说中那样
荒凉起来了,尽管还有两三对情人
在拍婚纱照,新娘们
也好像因为这种清冷
而变得不怎么漂亮了。
但我在那间小屋附近
遇见一个漂亮非凡的女孩
正跟她的胖男友或哥哥
玩沙堆。可当我看了小屋
发现它不像人住屋而像发电站
所以开始往回走的时候,
我看见远处,在几栋楼房背后

那一片树林背后,红彤彤,
像冲天大火似的,细看
竟然是一个巨大的夕阳,
有篮子那么大,把树林染红了,
再细看,那夕阳不就在更远处
在洞背村我屋子背后那个山头上吗?
我退回到那小屋边确认之后,
又继续往前走,目光不离目标,
盯着那片辉煌地燃烧的树林
尽管我好想,好想啊,
腾出两秒钟,再多看一眼
那个漂亮非凡的女孩。

让　　座

在从黄贝岭至大剧院的地铁车厢里
一个小青年给一个五六十岁的妇人让座
(我只看见他的背影,我是被她那喜庆般的骚动
引起先是对她继而对他的注意的,这时
他已走远,显然是对自己的好行为感到不好意思)。
看得出,那妇人来自农村或有农村背景,
从她的健壮,从她的姿态,尤其是从她的笑声和笑容:
她对着那个小青年的背影连连道谢,
当笑声消失,那个我哪配得上这等礼遇呀
这可是平生第一次享受的特权呵
现在年轻人真有教养啊的笑容
还在她脸上和嘴边扩散着,
并从她整个人向周围扩散着,
一圈圈微波在空气中荡漾……

盲　夫　妻

我是在注意到那个女人
撞到那个男人,再注意到是那男人
先碰着或几乎碰着大厦墙角
于是紧急停步
引起那女人来不及收脚之后
才意识到他们是一对盲夫妻:
男人拿拐杖,女人拿男人做拐杖,
两人边走边聊天,
刚发生的事情显然不像发生,
而只是被他们经过。

2014,香港

他们的光

虽然我是中国人,可每逢中国
发生什么重大事件,我都不敢说
我沾了中国人的光,无论是诺贝尔,
还是第二大经济体,或最大石油进口国,
更别提那些连提也不能提的。

可这一次,我沾了他们的光。

虽然我在香港住了三十年,但我
都不敢说我是香港人了:这几个月
我搬到深圳一个小山村,私下跟人说
我这是经济流亡,因为我在那儿
待不下去,也没必要再待下去了。

但这一次,我沾了他们的光。

今天是十月一日,过去这几天
我都一直住在山村里,虽然表面上

照样打水、煮饭、喝茶、抽烟,
还在下山买菜时到沙滩磨蹭了一阵子,
但难掩内心那兴奋的火焰,窃喜于

这一次,我沾了他们的光!

都 将 消 逝

她也想写作,最初她写诗,但会
不能抑制地进入异常的精神状态
——崩溃?——母亲哭着求她
别再写了,她就停了,好好读书,
找到一份工作,把自己打扮成
普通的职员,普通的姑娘。现在
写小说的冲动怎么也抑制不住。

而我说,生命很短,
写或者不写,它都将消逝
——而且很快!

他也想学英语,他很早就学过,
而且很勤奋,但因为种种理由,
放弃了,如今有份工作,过简单生活,
但还想考个文凭,使日子更充实,
免得在空虚入侵时,喝酒哄自己,
而且谁知道呢,说不定这短期目标

能为他带来更长远的追求。

而我说,生命很短,
学或者不学,它都将消逝
——而且很快!

他们也想租个房子,做我的邻居,
周末全家来度假,像我一样
下山去买菜,上山当锻炼,
不看电视,不用洗衣机,甚至
把空调也省了,该流汗就流汗,
还可以请城里的朋友来这里
减减压、游游泳,晒晒太阳。

而我说,生命很短,
租或者不租,它都将消逝
——而且很快!

无 知 者

而我说,他们都是无知者,
而无知者无知无过于
不知有知者有知,
不知他们是有知者的一部分,
而有知者不是他们的一部分。

间 歇

在阳光灿烂的早晨,
我一边听巴赫的组曲
一边做校对。在从一个音轨
过渡到另一个音轨的间歇
我听到楼上小男孩跟母亲说话的声音
——觉得这是我听到的
最纯粹的音乐。

二　姐　夫

他一生简单：
打工、赌博、向大耳隆借钱，
在债台高筑时由二姐来还，
如此一次又一次,也一次又一次
向二姐求饶。有一次他被追数，
又不敢说,竟然神经紧张得
中风了,脚变蹩了,但过不久
又一拐一拐去赌博。他给二姐
最后和最大的打击,是他患肺癌了。
二姐辞掉制衣厂的工作,专心照顾他。
我曾跟她说,她这个决定,
就像她从前的决定,是对的，
因为这样一来,她以后就不会有遗憾。
看来,她现在没有什么可遗憾的了。
但他呢？他其实也没有什么可遗憾的。
因为很多体面地过活的人
也只是体面地死去罢了，
就像很多体面地死去的人

也只是体面地活过罢了。

2014.10.6,香港

好 邻 居

邻居蛋蛋在微信上展示
她散步时遇见一朵紫色花,
再展示她把它摘下来举在手上,
然后带回家,放在饭桌上。
我原本写了一句评论:
"你就这样把那朵花
活生生摘下来了?"
但写完就删了,没发出去。
既然她觉得应该把它摘下来,
既然它也已经被她摘了下来,
我那句话如果还有什么意义,
也不过表示我对植物慈悲罢了,
但也许植物比我更慈悲,
宁愿我对邻居更友善。

深　　情

我们村口外的绿道入口处
设有一个阻止汽车进入的路障，
最近看守入口的
是一个五十多岁的男人，
穿迷彩服，脸色温柔得
使人心软，尤其是当我看他
如此疼爱淘淘：他摸它的头，
和它握手，把脸颊贴近它的脸颊，
跟它说了很多话。当他不在
他那个临时搭起的遮风棚里，
而我们又正好路过的时候，
淘淘总要兴高采烈地跑过去
然后在看不到他的时候
显得很失望，它是懂得深情
并充满深情的，要是你也看见
它在失望之余依然挂着
天真的笑脸的样子。

担惊受怕

清晨和深夜,山村里楼上?
与地面上的空气是有差异的。
在村里地面上散步
能意识到自己在呼吸,
空气真正地沁入心脾。住在楼上
空气固然清新,但不是
地面上那种弥漫感
而是从海上和山上吹来的。
这几天孙文波出门,
我代他照顾淘淘,
睡觉前都带它出去散步,
再次意识到自己在呼吸,
空气真正地沁入心脾:
本土、原生、接地。然而
当我心中刚想说这个地方
坏是坏,但毕竟还有这样
不为人知的干净角落,
我口中默念的却是这个地方

实在坏,当你刚发现它
还有这样一块干净角落
你已经在担惊受怕,
怕它随时被拆迁,怕你
转眼就会流离失所。

立　　春

溪涌沙滩,仍像整个冬天那样
人疏客稀,一两个拍婚纱照的新娘
也显得荒凉。阳光微薄,浪潮细小。
但大地已动了起来,在深处。

我也是,依然戴着同一顶毛线帽,
穿着同一件厚棉袄,形瘦影孤,
看上去很寂寞,像个飘零者。
但我也已动了起来,在深处

——动她。

重要的事

"一个人重要的
不是有一个好环境
来做自己想做的事,
而是在任何环境下都能
做自己想做的事。"

我对一个做自己
不想做的事,过自己
不想过的生活的年轻人
如此说,但我知道
这是没用的,既然

一个人重要的
不是有一个好环境
来做自己想做的事
而是在任何环境下都能
做自己想做的事。

溪涌沙滩的祝福

立春后的沙滩完全荒凉了,
只有一个样貌平平的新娘
在拍婚纱照,使我不忍心
像往常用嘲笑的目光看新娘
那样看她,而且还要祝福她,祝福她
像世间少有但我见过的那样,
在所有同龄的漂亮女人
都在年过四十前后开始枯萎的时候
才焕发光彩,成为一个真正的女人,
还有一个——甚至更多——
人人羡慕的出色子女;
在她们,多皱纹和赘肉的同龄女人
终于领悟生命的无常
并开始扪心自问进而开始
撤退和收缩和静止的时候
她才充分享受世俗之美和世界之光
才把一个女人的魅力和能量发挥出来,
像她们,现已脸老色衰的同龄女人

当年花枝招展那样
被女人嫉妒,被男人夸赞。

                              2015

苍　　蝇

午休时关窗,发现一只苍蝇
在窗内的玻璃上碰撞。跟那些
惹人怜悯和爱护的小昆虫不同,
苍蝇就是苍蝇,它知道
它是可以被牺牲的,还知道
我也会放它一条生路,
但如果它扑拍一段时间后
还在那里挣扎,我可不会
像对待小昆虫那样有耐性
——但苍蝇毕竟是苍蝇,
它知道自己随便可以被牺牲,
所以适应力也特别强:我刚开了窗,
还没引导它,它就嗡的一声
朝窗外飞去。

抽　　芽

在阳光灿烂的初春下午
在溪涌沙滩,十多个小孩
光着膀子,在细浪前嬉戏,
远远看上去就像
——很奇怪,我突然想到——
初春松湿的大地上
抽出白嫩嫩的芽儿。

牛　　肉

我在山下菜市场买菜时
听见一个小青年在回答
另一个小青年:"不买牛肉,
牛肉不买,牛肉太贵。"
我不知道是希望多听到这种话,
多遇到这种场合,还是
少听到,少遇到。

春　　天

它不在我香港将军澳家里
或周围街道甚至绿道上,
那儿只有阴天和潮湿的空气,
也不在深圳市区里,那儿也是
只有阴天和潮湿的空气,
甚至不在洞背村我五楼家里
甚至村口绿道上,或山下海滩上,
它们同样只有阴天和潮湿的空气。
而是在这儿,在村后
这条通往深山的土路上!
几乎感觉不到的微风
或仅仅是某种气息,混合着
青草和枯草和腐草的味儿,扑面而来
或暗涌而至或缭绕不去……

大 雾 封 山

大雾封山,我在沙滩散步时
就注意到了。溪涌山边的别墅
被悄悄罩住,雾迅速移动,
包围我们村子四周的群山。
我来到村口,村子不见了,
闸口背后一片白茫茫,
而我心里想,糟糕,我下午
趁阳光灿烂时在天台上
晾的被单、床罩和几个枕头
看来是白晒了,因为我上山时
能明显感到雾冰凉又潮湿。
回到家,立即跑上天台,
发现不知道哪位邻居
已经把我的东西收拾好
放在天台门边的楼梯口。
我没有发微信到群聊里问
是哪位邻居。在完成这首诗之前
我要保留这个雾一样的小谜团

和它从雾一样的神秘里
隐约散发的微光。

洞 背 站

我知道一切都会改变的,洞背村
也不例外,我来这里就是我自己
最大的改变。但我还是没料到
它会改变得这么快:村子对面山头
传说中的新学校就要动工了,
他们先在村子里做基础建设,
在路边铺一条巨大的排污管,
每当大卡车经过,就尘土飞扬,
路边茂密的杂草和灌木丛不见了,
翻出一堆堆黄土,首当其冲的,
说来你不信,竟然是淘淘:
他以前出来遛,都会往杂草丛里
嗅个不停,既为了拉屎撒尿,
也为了吃各式各样只有他知道
是安全和可食用的嫩叶,现在
他在一堆堆黄土上嗅也不是,
拉也不是,但他并没有太过迷惑
或表示不满,只要我们还带他进山

或走绿道,那儿永远有路边杂草和溪水
供他使用。我说最大的改变莫过于我自己,
而且还在继续改变,也许搬来洞背村
只是我更大的改变的停靠站。

扩 大 改 变

村里正在扩大改变,
小溪两旁茂密的杂草消失了,
我已经能想象——我已经差不多看见
一个广场暴露在赤裸的土地上,
小溪边也已先建好一条石砌的散步道
如同在一个城市小区里。
保安室旁今天出现一个小游乐场,
小孩子们正兴奋地爬上爬下,
前后摇晃,欢笑声
与不远处挖掘机和推土机的轰隆声竞争。
当我从村口那眼变小的山泉打水回来,
在无风无雨无阳光的闷热中,
两条不知道是哪两家的土狗
正坐在路边高高堆起的新土上
悠闲地纳凉。

东莞火车站
——给房慧真

东莞火车站吸烟区,设在
一个约五十平方的天井里,
或院子里,因为那里还长着
七八棵高高的棕榈树,或椰子树。
如果我是这里的常客,
我进来,可能就不仅是为了抽烟,
而且还为了透透气
或看看这几棵棕榈树或椰子树,
尤其是,棕榈树或椰子树啊,
你们已经这么高了,还要长多久
才能升出这几层楼高的天井。

消 磨 时 间

我带着淘淘进山时,
两个护林员正在路边聊天,
摩托车搁在一旁,
其中一个还唤淘淘的名字,
逗他玩。四十分钟后回来
他们还在那里,其中一个
在修剪一株宽叶植物。
我问你们还在这里呀?
他们说他们在消磨时间,
等待下班。

想起一个诗人

有一天他把几个同行
叫到一个小地方玩,他认识
当地一个小官员,坐小官车,
住酒店大房间,同行们
坐面包车,住招待所,
而他在整个过程中
感到的陶醉、骄傲、得意
和走路时不经意的大摇大摆
都被同行们
看在眼里。

囚　　狗

有一天傍晚我从外面回来,见到
一条狗在通往我们那栋楼的小斜坡上
快乐、好奇、兴奋地
围着一个空罐头转。正当我
想跟他打招呼,而他
也欢天喜地想过来嗅我时,
屋主从他家院子里出来
把他喊回去,并说这是他们家的狗,
没放出来过,今天是第一次。
他是那么年轻、健康,淡黄色毛发闪亮,
尤其是因为能够出来看看外面的世界
而显得那么快乐、好奇、兴奋,
即便能够在他们家自己的院子里
跑来跑去,他也已经很满足了很满足了
——他一直被拴在院子后巷里。

安　　慰

她忽然说临时有事来不了,
他说,使他感到很失落:
他相当喜欢她,花了一夜
做准备,洗地板,擦桌椅,
把房间的床单枕套都洗了,
枕头也一块拿出来晒了,
他自己打算睡沙发。

而我说,或许是他幸运,
也许是上天的干预,使他
避免了一场伤透心的感情纠葛:
家具一尘不染,地板干干净净,
他睡回他的床,躺在清新的床单上,
枕着有太阳曝晒味的枕头,
睡得又深又沉,虽然失落。

小 山 头

我五楼家三面青山,
远方是蓝海。我习惯于在早上
望一望阳台对面的小山头,那儿
太阳透过树林密集的枝叶
射来稀疏的光芒。有一天
树林消失了,小山头秃了,被铲平了。
我这才发现,我的风景是多么薄,
像一块面纱,撕下
便露出狰狞的楼群。

致小山头的树林

小山头的树林,我的树林,
就像我怎么也想不到自己
会被命运安排到这里来,
你们大概怎么也想不到
在这样一个偏僻的地方,
你们祖代安枝乐叶的小山头
竟会天降没顶之灾:
不但你们被灭族了,
而且小山头也毁了。
我原该经常地,仔细地
凝望你们才对,而现在
已经太迟,已经太迟!

肥　　肉

刚成了我几个月的世外桃源，
洞背村便开始发生重大变化。
先是铺设管道的工人，继而是
卡车、挖掘机、推土机纷纷进驻。
一座颇具规模的中学将在两三年里
耸立村子对面，取代原来的小山头。
我刚想发出自知是陈腔滥调的哀叹，
诗神便在一旁训斥我：
"你来这里的初衷之一
不是要亲身体验中国的现实吗？
我以为你会把这一切归功于我，
说成是我安排的，我也乐得掠美。
为什么你一再让我失望，
老想把送到嘴里的肥肉吐掉？
洞背就是你的肥肉。"

漏　　斗

傍晚我去打水时，
一个年纪跟我差不多的民工
已经在打了，由于水很细，而且不稳定，
流到瓶颈时会溅掉一些，
所以他用一个漏斗
把水接入瓶里，
我称赞这很方便，并问他
超市有得卖吗？
他说应该有吧。临走时
他把漏斗递给我，
让我用完就把它放在泉边，
我说会被人拿走的，他说
应该不会，拿了就拿了吧。
我跟他说我一个月前水瓶连水被人偷了，
但他还是坚持要我用他的漏斗，
用完就放在泉边。

双 非 学 童

早上回香港,六点就出发,
坐丁路的便车来到福田口岸。
在海关,眼前全是小学
和幼儿园学童,成群结队
鱼贯朝香港方向涌去。
过自助检查闸口时,有些小孩
两腿往闸口两边的防护板一叉,
把身子撑上去,再把头
伸向摄像头,最初我以为
是他们调皮,然后才明白
他们是个子太小,够不着
摄像头的高度。
最初我并没有去想他们的背景,
只是彻底被他们的活泼和灵巧吸引了。
回到香港家里,晚上看电视
碰巧在采访双非学童的母亲,
谈她们小孩就学的困境。
讲到当初为什么要来香港生小孩,

一个母亲用很不准
但听得明白的广东话说,希望小孩
在一个更公平和公正的环境下成长,
不会感到很多坏风气,譬如送礼,
是天经地义的事。

只 给 我 们

给我们这么多阴霾，
却只给我们一天阳光，
像刚出了隧道又进入隧道
亮了一瞬间。

给番薯藤

最初,那是去年,我买了它,
一个番薯,没有马上吃,
它便抽芽了,我便把它
种在阳台的花盆里。但不久
它便因为我忘了给它施肥和浇水
而枯萎了,最终消失了。
今年,邻居蛋蛋送我一个小盆栽,
那是她姑妈回老家,盆栽没人照料
而留给蛋蛋的。我因为懒,
随便把小盆栽搁在
原来种番薯的大盆栽上,
浇水,用艾条灰和咖啡渣
做肥料。不但小盆栽生机勃勃,
而且,瞧啊,大盆栽里的番薯
又抽芽了,而且长得好快!
一条小心探出头来的番薯藤
几天后就爬上阳台的水管了。
我怕水管会被太阳晒得太热烫了它,

就在水管上绑了一根两米高
有拐杖那么粗的树枝。
很快番薯藤爬到树枝顶,
差不多要攀到楼上去了,
但最终没攀上去,而是
又长出好多藤条,从上面
垂下来的,从下面拥上去的,
差不多可以用繁茂来形容了。
我赞叹它,我奇怪地嫉妒它,
我也替它担忧:冬天来了
怎么办,尤其是更迫切的,
台风来了怎么办?
好像是我的担忧提醒了台风似的,
台风转眼就来了!番薯藤啊,
这是你没料到的!你一向顺利,
我也没法教你什么,即便你
懂得听,也不见得愿意听,
而且也许愿意或不愿意
其实没差别,是呀,你跟我们
和其他动物的差别,并不是
我们会说话听话而你不会,而是
我们会走路奔跑而你不会
而这,并不是你的过错。

你好像还很刺激,好像这场风暴
你挺过来了,是个大成就,
还想再尝尝。但是啊,就像我们有苦海无边,
你现在也只是刚刚登船!这房子,
这阳台,对我来说也许是靠岸,
对你来说,只是刚刚要离岸。
更大的风暴还没降临但一定会降临,
此外还有比风暴更难以预料,
连我也不能预料的,就像
我对自己的命运也同样不能预料的
各种人间和自然界的莫测事件
在等着你,不,我们!

神 圣 原 则

我们村后的土路上
最近多了一群羊出没。
它们非常温顺,叫声平静
但清晰,看上去不怕人
却也不让人走近它们。
那天,我带淘淘去行山,遇见
其中四只。淘淘对它们很好奇,
这应该是它第一次看见羊,
当它要走近它们,
两只大羊就会不约而同
挡在两只小羊前面,
不让淘淘靠近,它们样子
依然平静,没有显露任何
害怕的痕迹。当我和淘淘走开,
它们立即恢复零散的队形,
我们走近,两只大羊又立即
挡在两只小羊前面,
依然平静,但我能感到

这平静中坚守着
一个神圣原则。

耻辱的标志

你现在遭受的挫折、磨难、
委屈、冤枉、打击,是为了
让你更坚强,但更是老天
在你身上留下的标志,
看你将来是不是用你曾经的痛苦
来感受和解除别人的痛苦,
用你曾经遇到的不公平
来避免你可能对别人犯下的不公平。
如果你竟然忘了你这些标志,
还用它们来作为报复或解恨的证据,
甚至作为胜利者的旧伤口来炫耀,
那它们就会像一个邪恶系统下
一切成就和荣誉那样
是耻辱的标志。

孙文波之道

天黑了,又下雨。
他在山下拐弯处等到公交车,
但司机硬是不让上,说现在
只在固定车站停车。"后来我想
大概是老天要我多走路吧,
所以也就释然,爬山回家。"

臭　屁　虫

我最初并不知道
它们有这么不雅的名字,
尽管后来证实
它们确实会放臭屁。
我第一次注意到它们,
是它们中有一只无助地
四脚朝天摊在阳台地板上,
我好不容易让它抓住和爬上
我伸给它的晾衣夹,
并跟来访的朋友谈论
它的笨,说了它不少坏话。
大概是它听懂了,发誓要证明给我们看
它并不是那么不堪,或它因为
我们后来对它背壳上几块
巧夺天工的花纹啧啧称奇,而大受鼓励,
总之,它在我们发现它开始
跃跃欲试并为它加油时,
真的飞起来了,而且

一飞冲天,我们还来不及欢呼它就从我们的视野里消失。

背　　着

今天酷热。烟霞笼罩群山。
无风。我知道要下雨了。
和邻居伊娃带着淘淘下山,
来到溪涌沙滩时,我背心已经湿透。
刚离开沙滩,来到五谷坊酒店,
暴雨就来了。我们赶紧躲进
酒店户外的帆布棚下避雨,
顺便吃晚饭等雨停。但我心里不安,
因为今天我碰巧没多带一件衬衣,
而大雨和凉风的阴冷
已开始在我背脊上作用。
我心中掠过向酒店借一件
工作人员制服的念头,
但这个主意太疯狂,太不现实。
可我真的担心自己会感冒。最后
我拿了两包纸巾,把它们一块块
往背心背后里塞,让它们
隔开并吸干冷汗。至于我的背后,

别人怎么看,我实在管不着,我背着他们,但不会把他们或他们的目光背着。

启　　示

我知道有所不为的妙处，
并实行之。我也知道
大智若愚，并实行之。我也
经常告诉别人不要多想，
要"行动而不顾成果"
并实行之。但是啊，当我读到
荀子"大智有所不想"这句
并非原文而是译文的格言，
我还是被震撼了并受启示。

孤独者,寂寞人

傍晚下山时,前面
有个轻微跛脚,年纪
跟我差不多的男人,
应该是个民工。我想跟他
打个招呼,聊聊天,顺便
了解了解他的情况。但我
没有这样做。我赶上他,
超过他,并想象他跟我一样
身体起了轻微的反应:
都是孤独者,寂寞人。

朱　槿　颂

就我所知,周围种类繁多的花,
和我记忆所及所见的花,都没有
像你这样长时间盛开,像不凋花,
像我的创造力——只是我知道
我除了自我恭喜,还自我意识,
哪像你,不知道自己如此明艳,
如此鲜红,如此——甚至——
不知道自己受风吹雨打日晒;
也许你已到达匪夷所思的境界,
把任何艰难困苦化为粗茶淡饭,
在严厉天空下如在自由天空下,
或者,看你那向上姿态,昂扬精神,
你是在积极地抗议和呼吁
而不带任何情绪或意气?
我太滥情了,你哪管人间事。
也许我能做的,除了赞美你,
就是相信,要是有一天你不见了,
那不是你落叶归根,消失在地面,
而是回到天上,成仙了。

抗　　议

万万没想到在村里
时间过得这样飞快，
好像比在香港还快、还忙。
太忙了，连周围风景
也顾不上好好欣赏，
连阳台对面摧毁中的风景
虽然不能不去注意
也懒得去注意了。
我的肉体抗议：
这样活着有什么意义！
我的精神呵斥：
这样活着就是意义！

工　　地

今天早上在阳台，
没戴眼镜，面对对面
工地升起的中学大楼框架
在万丈光芒的太阳中
近于雄伟，比得上原来
太阳从枝丫间照射过来
或从树冠上喷薄而出。

教　　友

晚上探病时间，一个女人来看望
母亲邻床的婆婆，临走时她说：

"让我们一齐祈祷。耶稣基督，
何太在老人院里跌倒，现在
入住将军澳医院主座大楼5C26号床。
她家人不在身边，但她
精神好，身体健康，所以
她真的需要双脚重新站起来，
每天走路，散步，上床下床，
周日去教堂，还要帮助其他老人，
所以请你让她双脚重新站起来，
坚定，硬朗，平稳，
每天迎接日出，送走晚风，
走过沙石，踏过平地，
增强生活信心，增加我们力量，
因为你是耶稣基督，我们的主，
你就是来治病的，你就是来救人的。

你一定能让她双脚重新站起来。"

"阿门。"她们同声说。

2016.1,将军澳医院

咁 辛 苦

母亲左边邻床
新来的老婆婆
不断地全身颤抖。
她一边呻吟,
一边几乎听不清楚地
自言自语:"咁辛苦,
不如死着好过啰。"

       2016.2,将军澳医院

医院的天堂时刻

母亲病房窗外小山上那座
蓝天下阳光中伫立的房子;

母亲邻床那个住了两天的女孩
偶尔投来的闪电般的目光;

母亲对面那个刚进来的中年妇人
躺在床上读杂志时专注的神态;

电梯大堂转弯处那个洗手间
水龙头里意想不到的暖水;

出了医院大门映入眼帘的
地面上几只啄食的小麻雀;

站在麻雀飞走的地方望见的
蓝天下阳光中伫立的高楼群。

2016.1,将军澳医院

灵 实 路

在这些坐落于山腰上,
疏密有致,高低适度,
树木掩映,远远望去
像人间仙境或富人区的
楼房里,住的是
不希望住在这里
或希望早点离开
甚至已模糊了希望或望
这类界线的人。

2016.2.15,灵实医院

两个婆婆早上坐在病床上的对话

"……我无所求,无所忧,
每天还能看到人,看到光,
看到自己手脚还在活动,
像现在这样看到自己还能说话,
我就感谢主。"

"我只是责怪自己,要是小心点,
就不至于跌倒,给家人和亲戚朋友带来不便。
外国有安乐死,我们这里没有,
否则我宁愿安乐死,
不打搅任何人。"

前一个声音安详,昨天我曾听见她
在安慰她左边发牢骚的病友。
后一个声音同样平静,我刚才
还跟她互道过早安,并惊奇于她
一脸红润,一脸慈祥,
是任何老人或任何老人的子孙

都最愿意看到的。

2016.2.20,将军澳医院

为母亲祈祷

　　太师爷公,关帝爷公,
土地公,观音妈,合炉香火:
我母亲平时每天烧香拜你们,
今天她做手术,我求你们保佑她
手术顺利成功,迅速恢复健康,
回家过正常日子。

　　天父地母,宇宙乾坤,
今天我母亲做手术,
请你们安排并赐予她
最适合的气候,保佑她
手术顺利成功,迅速恢复健康,
回家过正常日子。

　　父亲,你在天之灵,
我第一次求你:今天我母亲做手术,
请把你留在人间的所有福气
全部输送给她,保佑她

手术顺利成功,迅速恢复健康,
回家过正常日子。

　我的诗神,如果我的诗能传世,
请允许我预支这首诗的
未来读者们的全部能量和同情心,
为我母亲祈祷:愿她今天
手术顺利成功,迅速恢复健康,
回家过正常日子。

　　　　　　2016.2.22,将军澳医院